VTuber Detective Team

VTuber
Detective
Team

ナゾノベル

V《ブイ》チューバー探《たん》偵《てい》団《だん》

目《め》指《ざ》せ！ 登《とう》録《ろく》者《しゃ》100万《まん》人《にん》

著 木滝りま　舟崎泉美
絵 榎のと

朝日新聞出版

Contents

もくじ

Character

登《とう》場《じょう》人《じん》物《ぶつ》

月《つき》島《しま》奏《かなで》（中《ちゅう》1）

地味《じみ》で内気《うちき》だけど、みんなに自分《じぶん》の歌《うた》を聞《き》いてもらうことが夢《ゆめ》。なぜか突然《とつぜん》、V《ブイ》チューバーとしてデビューすることに……。

音《おと》宮《みや》碧《あお》（中《ちゅう》2）

奏《かなで》の歌《うた》の才能《さいのう》を見《み》いだし、V《ブイ》チューバーとしてプロデュースする。音楽《おんがく》センスがバツグンで、業界《ぎょうかい》にも顔《かお》がきく。

一《いっ》色《しき》絵《え》夢《む》（中《ちゅう》2）

天才俳優《てんさいはいゆう》との呼《よ》び声《ごえ》が高《たか》い、大人《だいにん》気《き》芸能人《げいのうじん》。ひそかに「神絵師《かみえし》」として活動中《かつどうちゅう》。自分《じぶん》のことを、中身《なかみ》が空《から》っぽなあやつり人形《にんぎょう》だと思《おも》っている。

工《く》藤《どう》たくみ（中《ちゅう》1）

数学《すうがく》オリンピック日本代表《にほんだいひょう》の理系《りけい》の天才《てんさい》。コンピューターを自在《じざい》に使《つか》いこなす。

明《あけ》智《ち》大《だい》五《ご》郎《ろう》（中《ちゅう》2）

廃部寸前《はいぶすんぜん》の「ミステリー研究会《けんきゅうかい》」の部長《ぶちょう》。音宮碧《おとみやあお》とは小学校時代《しょうがっこうじだい》からの幼《おさな》なじみ。

「V《ブイ》チューバー」とは？

自分《じぶん》の姿《すがた》ではなく、キャラクター（アバター）の姿《すがた》を借《か》り、そのキャラになりきって活動《かつどう》する配信者《はいしんしゃ》。バーチャル・ユーチューバー（Virtual YouTuber）の略《りゃく》。

西《さい》園《おん》寺《じ》タケル（中《ちゅう》2）

新聞部部長《しんぶんぶぶちょう》。スキャンダルめいたスクープを報《ほう》じることから、「西園寺《さいおんじ》砲《ほう》」と呼《よ》ばれる。

第《だい》1章《しょう》

こんなわたしがV《ブイ》チューバーに!?

輝《かがや》く星《ほし》の下《した》で、わたしは歌《うた》っている。
（ああ、でも、なんてさびしいところなんだろう……）
誰《だれ》も歌《うた》を聞《き》いてくれる人《ひと》がいないんだ。
……そう。ここは月《つき》の上《うえ》――。
あたりに広《ひろ》がっているのは、クレーターとひからびた大地《だいち》ばかり。
まるで、海《うみ》の底《そこ》のような静《しず》けさだ。
どんなに心《こころ》を込《こ》めて歌《うた》っても、わたしの声《こえ》は届《とど》かない……。
（ああ、誰《だれ》か聞《き》いて！　わたしの歌《うた》を……）
ひとりでもいいから、気《き》づいてほしい。わたしが、ここにいることを……。
そのとき、かすかに歓声《かんせい》のような声《こえ》が聞《き》こえてきたんだ。
（あの声《こえ》……どこから聞《き》こえてくるんだろう？）
歓声《かんせい》が聞《き》こえる方向《ほうこう》を見《み》ると、そこは地球《ちきゅう》だった。
地球《ちきゅう》は、虹色《にじいろ》の光《ひかり》に包《つつ》まれている。
（あの虹《にじ》は……ペンライト!?）
人々《ひとびと》の歓声《かんせい》が、徐々《じょじょ》に大《おお》きくなる。

地球《ちきゅう》の人々《ひとびと》は、ペンライトを振《ふ》り、歓声《かんせい》をあげながら、わたしの歌《うた》を応援《おうえん》してくれていたんだ。

(みんながわたしの歌《うた》を聞《き》いてくれてる⁉　ああ、うれしい！　……お願《ねが》い、夢《ゆめ》ならどうか覚《さ》めないで！)

そのとき、お母《かあ》さんの声《こえ》が聞《き》こえてきたんだ。

「かなでー、起《お》きなさい！　学校《がっこう》に遅刻《ちこく》するわよー！」

(えっ⁉)

あわてて飛《と》び起《お》きる。

(あーあ……やっぱ、夢《ゆめ》だったか)

わたしの名前《なまえ》は、月島奏《つきしまかなで》。13歳《さい》。中学《ちゅうがく》1年生《ねんせい》。

現実《げんじつ》のわたしは、これといって人《ひと》に誇《ほこ》れるものもない、平凡《へいぼん》な女《おんな》の子《こ》だ。

唯一《ゆいいつ》、「歌《うた》がうまい」って、お母《かあ》さんは、ほめてくれるけど……。

家族以外《かぞくいがい》が、わたしの歌《うた》を聞《き》いたことはないんだよね。

いつも心《こころ》の中《なか》にくすぶり続《つづ》けているのは、たったひとつの思《おも》いだ。

――なんのとりえもない、こんなわたしだけど……。

小《ちい》さいころから大好《だいす》きな歌《うた》を、みんなに聞《き》いてもらいたい。

……そう。だから自分《じぶん》を変《か》えたくて、わたしはちょっとだけ勇気《ゆうき》を出《だ》してみた。

「偏差値高《へんさちたか》め」って言《い》われている私立歌川中学《しりつうたがわちゅうがく》を受験《じゅけん》したんだよ。

歌川中学《うたがわちゅうがく》は、合唱部《がっしょうぶ》の活動《かつどう》がさかんな中学《ちゅうがく》として知《し》られている。

がんばったかいあって、みごと合格《ごうかく》！

この4月《がつ》から、わたしは歌川中学《うたがわちゅうがく》に通《かよ》いはじめている。

入学《にゅうがく》して1週間《しゅうかん》――今日《きょう》は部活動《ぶかつどう》の申《もう》し込《こ》みが解禁《かいきん》になる日《ひ》だ。

（よし、絶対《ぜったい》に合唱部《がっしょうぶ》に入部《にゅうぶ》するぞ！）

気合《きあい》を胸《むね》に、わたしは学校《がっこう》へ行《い》くしたくを始《はじ》めた。

この日《ひ》は、放課後《ほうかご》になるのが待《ま》ち遠《どお》しかった。

終業《しゅうぎょう》のベルが鳴《な》ると同時《どうじ》に、合唱部《がっしょうぶ》の活動拠点《かつどうきょてん》である、音楽室《おんがくしつ》へと向《む》かう。

ところが、音楽室《おんがくしつ》の前《まえ》の廊下《ろうか》には、ずら――っと長《なが》い列《れつ》が！

（えっ⁉　なんなの、この列《れつ》⁉）

パニクっていると、列《れつ》の最後尾《さいこうび》に並《なら》んでいた女《おんな》の子《こ》が声《こえ》をかけてくる。

「合唱部《がっしょうぶ》は、入部希望者《にゅうぶきぼうしゃ》が殺到《さっとう》して、今年《ことし》からオーディション制《せい》になったんだって」

「オ、オーディション制《せい》⁉」

（つまり、オーディションに受《う》からなければ、合唱部《がっしょうぶ》には入《はい》れないってこと⁉）

がく然《ぜん》とするわたしに、女《おんな》の子《こ》は言《い》った。

「オーディションなんて、イヤだよね。緊張《きんちょう》しちゃうし……。でも、入部《にゅうぶ》するには受《う》かるしかないから、お互《たが》いにがんばろうよ」

女《おんな》の子《こ》は、わたしを手招《てまね》きして、自分《じぶん》のとなりに並《なら》ばせてくれた。

「はじめまして。ウチは、1年E組《ねんイーぐみ》の緑川《みどりかわ》リサ。リサって呼《よ》んでね」

リサちゃんは、細身《ほそみ》で小顔《こがお》の、どこかはかなげな女《おんな》の子《こ》だった。

でも、笑《わら》うとエクボができて、花《はな》が咲《さ》いたように明《あか》るい表情《ひょうじょう》になる。

「は、はじめまして……。わたしは月島奏《つきしまかなで》……1年C組《ねんシーぐみ》……です」

うつむきながら自己紹介《じこしょうかい》をしたわたしの視線《しせん》は、リサちゃんの胸《むね》ポケットに釘《くぎ》づけにな

った。そこには、ドングリを持《も》ったうさぎのマスコットが顔《かお》をのぞかせていたんだ。

「あの、それ……ぴょん子《こ》ですよね？」

アニメで人気《にんき》のキャラクター、ぴょん子《こ》は、わたしの大《だい》のお気《き》に入《い》りだった。

「うん、そうだよ。奏《かなで》ちゃんもぴょん子《こ》、好《す》きなの？」

「うん、大好《だいす》き！　でも、ドングリを持《も》ったぴょん子《こ》なんて初《はじ》めて見《み》た。もしかして、リサちゃんのオリジナル？」

「そう。これ、ウチが作《つく》ったの！」

リサちゃんとわたしは、ぴょん子《こ》の話《わ》題《だい》で盛《も》りあがった。

おかげで列《れつ》に並《なら》んでいるあいだは、緊《きん》

張《ちょう》を忘《わす》れることができたんだけど……。

リサちゃんの番《ばん》が回《まわ》ってきて、列《れっ》からいなくなると、とたん、怒涛《どとう》のような緊張《きんちょう》が押《お》し寄《よ》せてきた。

(ああ、もうダメ。どうしよう……)

オーディションを終《お》えたリサちゃんが音楽室《おんがくしつ》から出《で》てくる。

いよいよ、わたしの番《ばん》だ。

「次《つぎ》の方《かた》どうぞ」

音楽室《おんがくしつ》から声《こえ》がかかると、それだけでもう、心臓《しんぞう》が口《くち》から飛《と》び出《だ》しそうになった。

音楽室《おんがくしつ》に足《あし》を踏《ふ》み入《い》れる。

そこには、30人《にん》くらいの合唱部員《がっしょうぶいん》が勢《せい》ぞろいしていた。

『審査員席《しんさいんせき》』と書《か》かれた正面《しょうめん》の席《せき》には、怖《こわ》そうな雰囲気《ふんいき》の先輩女子《せんぱいじょし》——部長《ぶちょう》で3年生《ねんせい》の冬《ふゆ》森雪菜《もりゆきな》さんが座《すわ》っている。

そのとなりには、30代《だい》くらいの、整《ととの》った顔立《かおだ》ちの男性《だんせい》——合唱部顧問《がっしょうぶこもん》の矢神文也先生《やがみふみやせんせい》がいた。

「いちばん得意《とくい》な歌《うた》をアカペラで歌《うた》ってください」

矢神先生《やがみせんせい》はやさしい口調《くちょう》で言《い》ったけど、わたしは足《あし》がガクガクとふるえだす。

（がんばって、歌《うた》わなきゃ！）

そう自分《じぶん》に言《い》い聞《き》かせて、必死《ひっし》に息《いき》を整《ととの》えながら、歌《うた》を歌《うた》いだそうとした。

けど……声《こえ》が出《で》ない。

「あ～……ああ……もしもこの声《こえ》が届《とど》くなら～……♪」

なんとか声《こえ》をしぼり出《だ》したものの、その声《こえ》は無残《むざん》にもかすれていた。

「話《はなし》にならないわね。もういいわ」

冬森部長《ふゆもりぶちょう》が、冷《ひ》ややかに言《い》う。

そして、入《い》り口《ぐち》に向《む》かって、こう告《つ》げたんだ。

「次《つぎ》の方《かた》どうぞ」

わたしは、いたたまれず、音楽室《おんがくしつ》を飛《と》び出《だ》していく。

頭《あたま》の中《なか》は、もう真《ま》っ白《しろ》だった。

自分《じぶん》が情《なさ》けなくて、ぬぐってもぬぐっても、涙《なみだ》があふれ出《で》てくる。

（わたし……なんのために、この学校《がっこう》に入《はい》ったんだろう。この性格《せいかく》を直《なお》さないかぎり、夢《ゆめ》は叶《かな》わないのかなぁ……）

昔《むかし》から、極端《きょくたん》なあがり症《しょう》だった。

人前《ひとまえ》に出《で》ると、緊張《きんちょう》のあまり声《こえ》が出《で》なくなる。

歌《うた》だけでなく、授業中《じゅぎょうちゅう》に手《て》を挙《あ》げて発言《はつげん》するのも苦手《にがて》。

そんな自分《じぶん》をふるい立《た》たせて、一歩《いっぽ》、夢《ゆめ》に踏《ふ》み出《だ》してはみたものの……。

合唱部《がっしょうぶ》への入部《にゅうぶ》さえ叶《かな》わず、わたしの夢《ゆめ》は無残《むざん》にも、くだけ散《ち》ったんだ。


帰り道《かえりみち》、わたしは人目《ひとめ》をさけるように、裏通《うらどお》りを歩《ある》いていた。

イヤホンから聞《き》こえてくるのは、スマホに入《い》れた『月《つき》の人魚《にんぎょ》』という歌《うた》。

昔《むかし》、お母《かあ》さんが名《な》もなき路上《ろじょう》シンガーから買《か》ったCD《シーディー》（＊）に入《はい》っていた曲《きょく》で、わたしがいちばん好《す》きな歌《うた》だ。

オーディションでも、この曲《きょく》を歌《うた》うはずだった。

（人前《ひとまえ》でなければ、ちゃんと歌《うた》えるのに……）

わたしは涙《なみだ》をぬぐい、自分《じぶん》をはげますように、歌《うた》を口《くち》ずさみはじめる。

＊「CD《シーディー》」…音楽《おんがく》・画像《がぞう》など、データを記録《きろく》するもの。コンパクトディスク（Compact Disc）の頭文字《かしらもじ》を取《と》ったもの。

「もしも、この声《こえ》が届《とど》くなら、いとしいあなたに伝《つた》えたい〜〜♪　わたしが、ここにいることを〜〜♪　誰《だれ》もいない月《つき》の海《うみ》で、わたしは歌《うた》う〜〜♪　この声《こえ》が、あなたに届《とど》くことを祈《いの》りながら〜〜♪」

（そういえば、この曲《きょく》……今朝《けさ》見《み》た夢《ゆめ》の感《かん》じに似《に》てるな）

そんなことを思《おも》いながら、歌《うた》うことに夢中《むちゅう》になっていたわたしは、突然《とつぜん》、誰《だれ》かに腕《うで》をつかまれ、ハッとわれにかえる。

見《み》ると、同《おな》じ歌川中学《うたがわちゅうがく》の制服《せいふく》を着《き》た男子《だんし》が、わたしの腕《うで》をつかみながら真剣《しんけん》な表情《ひょうじょう》でこちらを見《み》ていた。

整《ととの》ったシャープな顔立《かおだ》ちに、切《き》れ長《なが》の目《め》――その顔《かお》に、わたしは見《み》おぼえがあった。

入学式《にゅうがくしき》の日《ひ》、成績《せいせき》トップの優秀《ゆうしゅう》な生徒《せいと》として、先生《せんせい》に紹介《しょうかい》され、在校生徒代表《ざいこうせいとだいひょう》の祝辞《しゅくじ》を述《の》べた上級生《じょうきゅうせい》だった。

「おまえ、どこでその曲《きょく》を知《し》ったんだ？」

「え？　この歌《うた》は、お母《かあ》さんが買《か》ったＣＤ《シーディー》に……」

「まあいい。ちょっと来《こ》い」

あわてるわたしにかまわず、上級生《じょうきゅうせい》は腕《うで》をつかんだまま、わたしをある場所《ばしょ》へと引《ひ》っ張《ぱ》

っていく。

そこは、スタジオだった。

室内《しつない》には、三脚《さんきゃく》が立《た》てられたカメラやパソコンをはじめ、見《み》たこともない機械《きかい》がたくさん置《お》かれている。

「カケル先輩《せんぱい》、ちょっと機材《きざい》、貸《か》してもらえませんか。配信用《はいしんよう》の動画《どうが》を撮《と》りたいんで」

上級生《じょうきゅうせい》が声《こえ》をかけると、ネコ耳《みみ》をつけた、20歳《さい》くらいの男性《だんせい》が振《ふ》り返《かえ》る。

「うん、いいよ」

そう答《こた》えた男性《だんせい》の顔《かお》にも、わたしは見《み》おぼえがあった。

男性《だんせい》は『カケルくん』という名《な》で知《し》られる、有名《ゆうめい》なユーチューバーだったんだ。

「それはそうと、その子《こ》、誰《だれ》？　碧《あお》の彼女《かのじょ》？」

カケルくんが、わたしを指《さ》しながら尋《たず》ねる。

「いや、ちがう。さっき道《みち》ばたで会《あ》ったばかりの子《こ》だ」

『碧《あお》』と呼《よ》ばれる上級生《じょうきゅうせい》は、そう答《こた》え、キョトンとしているわたしに言《い》った。

「おまえの声《こえ》を聞《き》いて、おれのなかに電流《でんりゅう》が走《はし》った。おまえを『歌《うた》い手《て》』としてプロデュースしたい」

「ちょっ……ちょっと待《ま》ってください！」

わたしは、混乱《こんらん》した頭《あたま》で問《と》い返《かえ》す。

「歌《うた》い手《て》って、なんのことですか？　そもそも、あなたって、いったい……？」

「あー、自己紹介《じこしょうかい》がまだだったな。おれは、音宮碧《おとみやあお》。歌川中学《うたがわちゅうがく》の2年生《ねんせい》。未来《みらい》の音楽《おんがく》プロデューサーだ」

音宮碧《おとみやあお》という名《な》の上級生《じょうきゅうせい》は、どうやらプロデューサー志望《しぼう》らしい。

プロデューサーっていうのは、番組《ばんぐみ》や作品《さくひん》などの制作《せいさく》を取《と》りしきる人《ひと》のことだ。

「碧《あお》は顔《かお》が広《ひろ》くてね、まだ中学生《ちゅうがくせい》なのに、芸能関係者《げいのうかんけいしゃ》に知《し》り合《あ》いが多《おお》いんだ」

音宮先輩《おとみやせんぱい》を指《さ》しながら、カケルくんは言《い》う。

「作曲《さっきょく》の才能《さいのう》もあって、ボクの動画《どうが》に使《つか》う音楽《おんがく》は、ぜんぶ彼《かれ》に作曲《さっきょく》してもらってる」

にこにこしながらそう言《い》ったあと、カケルくんはわたしの肩《かた》をポンとたたいた。

「よかったね。碧《あお》の眼力《がんりき》はたしかだ。キミはまちがいなく、スターになれるよ」

（スター……って、このわたしが⁉）

なんだか、夢《ゆめ》の続《つづ》きを見《み》ているような気《き》がした。

「じゃ、撮影《さつえい》を始《はじ》めるよ。さっき歌《うた》ってた曲《きょく》、このカメラの前《まえ》で歌《うた》ってみて」
音宮先輩《おとみやせんぱい》は、そう言《い》って、わたしをカメラの前《まえ》に立《た》たせる。
そして、自《みずか》らはキーボードの前《まえ》に座《すわ》り、伴奏《ばんそう》を奏《かな》ではじめた。
（この人《ひと》……『月《つき》の人魚《にんぎょ》』を知《し》ってるんだ……）
名《な》もなき路上《ろじょう》シンガーの曲《きょく》を、楽譜《がくふ》も見《み》ずに弾《ひ》き出《だ》したことに、わたしは驚《おどろ》く。
わたしは、目《め》を閉《と》じ、音宮先輩《おとみやせんぱい》が奏《かな》でる音《おと》だけに、意識《いしき》を集中《しゅうちゅう》させた。
そして、今朝《けさ》見《み》た夢《ゆめ》を思《おも》い出《だ》し、想像《そうぞう》してみたんだ。

――ここは、誰《だれ》もいない月《つき》の海《うみ》。恋《こい》する王子様《おうじさま》のために声《こえ》を失《うしな》った人魚姫《にんぎょひめ》は、泡《あわ》となって消《き》えて、月《つき》の海《うみ》に転生《てんせい》した。

想像《そうぞう》しているうちに、自然《しぜん》に声《こえ》が出《で》た。
わたしは『月《つき》の人魚《にんぎょ》』を歌《うた》いはじめる。
その声《こえ》が、王子様《おうじさま》に届《とど》きますようにと、声《こえ》を振《ふ》りしぼりながら……。
そのとき、カケルくんのつぶやきが聞《き》こえてきたんだ。

「うん、いいね。さすが、碧《あお》が目《め》をつけただけのことはある」

わたしは、ハッとして目《め》を開《あ》けた。

その瞬間《しゅんかん》、カケルくんの姿《すがた》やカメラのレンズが、目《め》に飛《と》び込《こ》んでくる。

わたしは「うっ」とノドをつまらせた。

全身《ぜんしん》から冷《ひ》や汗《あせ》がふき出《だ》し、そして……声《こえ》が出《で》なくなったんだ。

音宮先輩《おとみやせんぱい》は驚《おどろ》き、演奏《えんそう》をやめて、わたしを見《み》る。

「おい、どうしたんだ」

「……ごめんなさい。わたし……歌《うた》は好《す》きなんだけど……誰《だれ》かに見《み》られてるって思《おも》うと、あがっちゃって……」

「途中《とちゅう》までは、ちゃんと歌《うた》えてたじゃないか」

音宮先輩《おとみやせんぱい》は、顔《かお》をしかめ、少《すこ》しイラ立《だ》ったようすで、ため息《いき》をつく。

わたしは、こぼれ落《お》ちる涙《なみだ》をこらえ切《き》れなかった。

必死《ひっし》に涙《なみだ》をぬぐっていると、カケルくんが、ほのぼのとした口調《くちょう》で言《い》う。

「顔出《かおだ》しが無理《むり》なら、V《ブイ》チューバーをやれば?」

「ブブ、ブイチューバー!? それって、あの……」

(聞《き》いたことはあるけど、よくわからない……)

カケルくんは、クスリと笑《わら》い、V《ブイ》チューバーの説明《せつめい》を始《はじ》める。

「V《ブイ》チューバーってのは、バーチャル・ユーチューバーの略《りゃく》だよ。SNS《エスエヌエス》(*)を通《とお》して動画《どうが》を配信《はいしん》するところまでは、ボクたちユーチューバーと同《おな》じなんだけど、V《ブイ》チューバーは、自《じ》分《ぶん》の姿《すがた》を画面《がめん》には出《だ》さない。2D《ツーディー》、3D《スリーディー》(*)のアバターの姿《すがた》を借《か》りるんだ」

「……アバター?」

「アバターっていうのは、仮想空間上《かそうくうかんじょう》に登場《とうじょう》するキャラクターで、自分《じぶん》の分身《ぶんしん》のことだよ。キャラの種類《しゅるい》はさまざまで、人間《にんげん》もいれば動物《どうぶつ》もいる。男性《だんせい》もいれば女性《じょせい》もいる。なかには天使《てんし》や悪魔《あくま》や吸血鬼《きゅうけつき》といった架空《かくう》のキャラクターになりきる人《ひと》もいる。アバターとなってそのキャラを演《えん》じる配信者《はいしんしゃ》は、いわゆる『中《なか》の人《ひと》』って呼《よ》ばれてるんだ」

「……なるほど、V《ブイ》チューバーか。そいつは、いいアイディアかもな。そうと決《き》まったら、絵《え》を描《か》く人材《じんざい》がいるな。それと、その絵《え》を動《うご》かす技術《ぎじゅつ》の専門家《せんもんか》も……」

音宮先輩《おとみやせんぱい》は、そうつぶやいてから、ぼう然《ぜん》としているわたしに向《む》き直《なお》った。

「おまえ……名前《なまえ》はなんて言《い》ったっけ？」

「え？　わ、わたし……月島奏《つきしまかなで》って言《い》いますけど」

「よし、月島《つきしま》。あしたの放課後《ほうかご》、２‐A《エー》の教室《きょうしつ》に来《こ》い。おまえをV《ブイ》チューバーにするためのスタッフを集《あつ》めるぞ」

「えええっ⁉」

どうやらこの音宮碧《おとみやあお》という人《ひと》は、とにかく自分《じぶん》がこうと決《き》めたら、なにがなんでも突《つ》き進《すす》

＊「SNS《エスエヌエス》」…ソーシャルネットワーキングサービス（Social Networking Service）の頭文字《かしらもじ》を取《と》ったもの。「X《エックス》」や「インスタグラム」「YouTube《ユーチューブ》」など、インターネット上《じょう》で人《ひと》とやりとりすることができるサービスのこと。

＊「２D《ツーディー》」「３D《スリーディー》」…「２D《ツーディー》」は縦《たて》と横《よこ》しかない平面《へいめん》の世界《せかい》、「３D《スリーディー》」は縦《たて》、横《よこ》、奥行《おくゆ》きのある立体《りったい》の世界《せかい》のこと。

んでいくタイプらしい。

その強引《ごういん》さにあきれながらも、わたしは思《おも》わず「はい」と、返事《へんじ》をしてしまう。

V《ブイ》チューバーをやれる自信《じしん》なんか全然《ぜんぜん》なかったけど……。

でも、はじめて自分《じぶん》の歌《うた》をお母《かあ》さん以外《いがい》の人《ひと》に認《みと》めてもらえたことが、天《てん》にも昇《のぼ》るくらい、うれしかったんだよね。


この日《ひ》は、家《いえ》にたどり着《つ》くまで、胸《むね》のドキドキが止《と》まらなかった。

帰《かえ》るなり、スマホでV《ブイ》チューバーの動画《どうが》をあれこれ見《み》る。

(……これがV《ブイ》チューバー？　……そっか。カケルくんがアバターって言《い》ってたのは、V《ブイ》チューバーの動画《どうが》に出《で》てくるアニメみたいなキャラクターを指《さ》していたんだね)

パソコンの画面《がめん》には、アイドルのようなキラキラの衣装《いしょう》に身《み》を包《つつ》んだ女《おんな》の子《こ》のV《ブイ》チューバーや、戦闘服《せんとうふく》みたいなコスチュームを着《き》た男《おとこ》の子《こ》のV《ブイ》チューバー、さまざまなキャラクターのV《ブイ》チューバーたちが登場《とうじょう》し、生《い》き生《い》きとしたパフォーマンスをくりひろげていた。

(わたしも、こんなふうになれたら……。今《いま》とちがう別人《べつじん》になって、人前《ひとまえ》で堂々《どうどう》と歌《うた》うことができたら……)

そんな思《おも》いが、心《こころ》に浮《う》かんでくる。

（でも、わたし、ほんとにV《ブイ》チューバーになんかなれるのかなぁ……）

翌日《よくじつ》の放課後《ほうかご》、わたしが2－A《エー》の教室《きょうしつ》の前《まえ》にやってくると、音宮先輩《おとみやせんぱい》が腕組《うでぐ》みしながら待《ま》ちかまえていた。

「こっちだ」

わたしの姿《すがた》を見《み》るなり、腕《うで》をつかんで廊下《ろうか》を引《ひ》っ張《ぱ》っていく。

すると、周囲《しゅうい》にいた女子《じょし》たちが、ザワめき出《だ》した。

こちらを見《み》て、ヒソヒソとなにかささやき合《あ》っている。

どうやら音宮先輩《おとみやせんぱい》は、相当《そうとう》なモテ男子《だんし》のようで……。

チクチクチクチク……女子《じょし》たちの刺《さ》すような視線《しせん》が、わたしに突《つ》き刺《さ》さった。

音宮先輩《おとみやせんぱい》がわたしを連《つ》れてやってきたのは、校庭《こうてい》の片隅《かたすみ》だった。

「V《ブイ》チューバーをやるには、まず、キャラクターの絵《え》を描《か》く人材《じんざい》が必要《ひつよう》だ。絵《え》を描《か》くヤツには、心当《こころあ》たりがある」

音宮先輩《おとみやせんぱい》が指《ゆび》さしたのは、楡《にれ》の木《き》の下《した》でタブレットで絵《え》を描《か》いているひとりの男子生徒《だんしせいと》だった。

長《なが》いまつ毛《げ》にふちどられた瞳《ひとみ》、線《せん》の細《ほそ》い少女《しょうじょ》のようなその横顔《よこがお》を目《め》にした瞬間《しゅんかん》、わたしは思《おも》わず「あっ！」と声《こえ》をあげそうになる。

（一色絵夢《いっしきえむ》⁉）

絵《え》を描《か》いていたのは、テレビでよく目《め》にする、有名《ゆうめい》な俳優《はいゆう》さんだったんだ。

（あの一色絵夢《いっしきえむ》が、この学校《がっこう》の生徒《せいと》だったなんて……）

ドギマギしながらその姿《すがた》を見《み》つめていると、一色《いっしき》さんがこちらを振《ふ》り向《む》く。

「ちょうどよかった。キミ、ちょっと横向《よこむ》いてくれる？」

「えっ？」

「……そう、そんな感《かん》じ。星《ほし》を見《み》あげるようなポーズで、1分間《ぶんかん》、じっとしてて」

わたしは、ワケがわからないまま、ポーズを取《と》らされた。

一色《いっしき》さんは、すごい速《はや》さで、タブレットにタッチペンを走《はし》らせる。

しばらくして……。

「サンキュ。おかげでいい絵《え》が描《か》けたよ。今《いま》までに描《か》いたことがなかったような感《かん》じの絵《え》だ」

一色《いっしき》さんは、ひとり言《ごと》のようにつぶやくと、描《か》きあげた絵《え》をわたしに見《み》せる。

それは一番星《いちばんぼし》を見《み》あげている、あやつり人形《にんぎょう》の男《おとこ》の子《こ》と、人間《にんげん》の女《おんな》の子《こ》の絵《え》だった。

あやつり人形《にんぎょう》の男《おとこ》の子《こ》は、どこかうつろで悲《かな》しげな表情《ひょうじょう》をしている。

祈《いの》るような目《め》をした女《おんな》の子《こ》の顔《かお》は……。

(えっ、わたし!?)

わたしは、釘《くぎ》づけとなって、絵《え》に見入《みい》った。

すると、背後《はいご》から絵《え》をのぞき込《こ》んでいた音宮先輩《おとみやせんぱい》が、一色《いっしき》さんに言《い》う。

「おまえ……『神絵師《かみえし》・夜《よる》』だろ?」

一色《いっしき》さんは、ギクリとし、こわばったようすでくちびるを引《ひ》き結《むす》ぶ。

音宮先輩《おとみやせんぱい》は、淡々《たんたん》と続《つづ》けた。

「『神絵師《かみえし》・夜《よる》』――SNS《エスエヌエス》のフォロワー数《すう》50万《まん》、プロフィールもなく、絵《え》だけを不定期《ふていき》にアップする正体不明《しょうたいふめい》のイラストレーター。その絵《え》には、毎回《まいかい》またたく間《ま》にとんでもない数《かず》の『いいね』がつき、ネットを騒《さわ》がせている」

一色《いっしき》さんは、無言《むごん》で音宮先輩《おとみやせんぱい》とにらみ合《あ》っていたが、やがて観念《かんねん》したように口《くち》を開《ひら》く。

「……なんでわかったんだ？」

「絵《え》のタッチを見《み》りゃわかるさ。この、さびしげな顔《かお》のあやつり人形《にんぎょう》は『神絵師《かみえし》・夜《よる》』の作品《さくひん》によく出《で》てくるだろ？　……しっかし、みんな驚《おどろ》くだろうなぁ。『神絵師《かみえし》・夜《よる》』の正体《しょうたい》が、子役出身《こやくしゅっしん》の天才俳優《てんさいはいゆう》、一色絵夢《いっしきえむ》だってわかったら……」

「頼《たの》む。このことは誰《だれ》にも……」

懇願《こんがん》するような口調《くちょう》になった一色《いっしき》さんに、音宮先輩《おとみやせんぱい》はニヤリ。

「ま、黙《だま》っててやってもいいけど……条件次第《じょうけんしだい》だな。おまえがV《ブイ》チューバーのママになってくれれば、このことは秘密《ひみつ》にしておいてやる」

「……ママ？」

「V《ブイ》チューバーの絵師《えし》——絵《え》を描《か》く人《ひと》のことを、業界用語《ぎょうかいようご》で『ママ』と呼《よ》んでるんだ。V《ブイ》チューバーの生《う》みの親《おや》ってことで、『ママ』だ」

音宮先輩《おとみやせんぱい》は、これから立《た》ちあげようとしている『V《ブイ》チューバー・プロジェクト』のことを一色《いっしき》さんに話《はな》す。

すると、一色《いっしき》さんは「わかったよ」と、あっさり返事《へんじ》をした。

「断《ことわ》ったら、『夜《よる》』の正体《しょうたい》がぼくだってことを世間《せけん》にバラす、とか言《い》って、脅迫《きょうはく》するつもりなんだろ？」

「まあ……言《い》ってしまえば、その通《とお》りだ」

一色《いっしき》さんはため息《いき》をつくと、素《そ》っ気《け》ない口調《くちょう》で尋《たず》ねてきた。

「……で、『中《なか》の人《ひと》』は誰《だれ》がやるの？」

「こいつ、月島奏《つきしまかなで》だ」

音宮先輩《おとみやせんぱい》がわたしを指《さ》す。

「キミが？」

一色《いっしき》さんは、マユをひそめた。

「ぼくは3歳《さい》のときから芸能界《げいのうかい》にいるけど、そういう世界《せかい》に不向《ふむ》きな子《こ》は、ひと目《め》でわかる。そんな子《こ》にタレントみたいなことをさせるのは、本人《ほんにん》が苦《くる》しむだけなんじゃない？」


ガーン！！！


（つまり、一色《いっしき》さんは、わたしにはV《ブイ》チューバーは向《む》いてないって言《い》いたいのかな？）

自分《じぶん》でも向《む》いてるとは思《おも》ってなかったけど……面《めん》と向《む》かって言《い》われるのはショックだった。

でも、そのとき、音宮先輩《おとみやせんぱい》が毅然《きぜん》とした口調《くちょう》で言《い》ったんだ。

「誰《だれ》がなんと言《い》おうと、『中の人《なかのひと》』は月島以外《つきしまいがい》にない。……ていうか、そもそもこのプロジェクトを立《た》ち上《あ》げる目的《もくてき》は、コイツを歌《うた》い手《て》としてプロデュースするためなんだ」

一色《いっしき》さんは、冷《さ》めた目《め》で音宮先輩《おとみやせんぱい》を見返《みかえ》す。

「へえ。ずいぶんと彼女《かのじょ》に思《おも》い入《い》れがあるんだね」

「月島《つきしま》の歌《うた》を聞《き》けば、おまえも納得《なっとく》する」

「……わかったよ。どっちにしろ、ぼくが口出《くちだ》しすることじゃないし」

一色《いっしき》さんは、かわいた口調《くちょう》で言《い》ったあと、わたしに向《む》き直《なお》った。

「奏《かなで》ちゃんって言《い》ったっけ？　行《い》きがかり上《じょう》、キミのママになることになった一色絵夢《いっしきえむ》だ」

「ど、ど、どうも……一色先輩《いっしきせんぱい》、どうぞよろしくお願《ねが》いします」

「一色先輩《いっしきせんぱい》なんて堅苦《かたくる》しい呼《よ》び方《かた》はやめてくれる？　ぼくは、キミの先輩《せんぱい》になる気《き》はないし」

不機嫌《ふきげん》そうな一色《いっしき》さんを前《まえ》に、わたしがどうしていいかわからず焦《あせ》っていると……。

「ぼくのことは『絵夢《えむ》』もしくは『絵夢《えむ》くん』って呼《よ》んでくれればいいよ」

一色《いっしき》さんはそう言《い》って、右手《みぎて》を差《さ》しだしてきた。

（……って、いきなり年上男子《としうえだんし》を名前《なまえ》呼《よ》び⁉）

わたしが握手《あくしゅ》をためらっていると、一色《いっしき》さん……もとい、絵夢《えむ》くんは苦笑《にがわら》いを浮《う》かべる。

「キミってやっぱ、めんどくさい」

（……どうしよう。嫌《きら》われちゃったかな？）

わたしは、なんだかとてもせつない気持《きも》ちになった。


V《ブイ》チューバーをやるには、キャラクターの絵《え》を描《か》く人《ひと》のほかに、その絵《え》を特殊《とくしゅ》な機材《きざい》を使《つか》って動《うご》かす技術者《ぎじゅつしゃ》――モデラーがいる。

その技術者《ぎじゅつしゃ》をさがすために、わたしたちはパソコンルームへと向《む》かったんだ。

音宮先輩《おとみやせんぱい》と絵夢《えむ》くんにはさまれ、廊下《ろうか》を移動《いどう》するわたしに、女子《じょし》たちのザワめき、突《つ》き刺《さ》すような視線《しせん》はいっそう激《はげ》しくなる。

「あの子《こ》、なんなのよ？」

「1年生《ねんせい》⁉」

「あんなさえない子《こ》が、どうしてあのふたりと？」

そんな声《こえ》が断片的《だんぺんてき》に聞《き》こえてきて……。

わたしは、姿《すがた》を消《け》してしまいたくなった。

（こっ、怖《こわ》い……）

パソコンルームには、ぼさぼさ頭《あたま》に、メガネをかけた男子生徒《だんしせいと》がひとり、ポツンとパソコンに向《む》かっていた。

「候補《こうほ》はあいつだ。工藤《くどう》たくみ」

音宮先輩《おとみやせんぱい》によると、そのぼさぼさ頭《あたま》の1年生《ねんせい》は、数学《すうがく》オリンピックの日本代表《にほんだいひょう》に選《えら》ばれている理系《りけい》の天才《てんさい》らしい。

（えっ、そんなスゴい人《ひと》も、この学校《がっこう》にいたの!?）

「おい、工藤《くどう》」

音宮先輩《おとみやせんぱい》が、後《うし》ろ姿《すがた》の工藤《くどう》くんに声《こえ》をかける。

しかし、工藤《くどう》くんは、パソコンで作業《さぎょう》をすることに夢中《むちゅう》になっていて気《き》がつかない。

何度《なんど》か声《こえ》をかけられ、ようやくこちらを振《ふ》り向《む》いた工藤《くどう》くんは、典型的《てんけいてき》な『理系《りけい》オタク』といった見《み》た目《め》だった。

でも、メガネの奥《おく》の瞳《ひとみ》はキラキラと輝《かがや》いて、よく見《み》ると、とても美《うつく》しかったんだ。

「なにをやってるんだ」

「趣味《しゅみ》で作《つく》っているゲームのプログラミングです」

「へえ、どんなゲーム？」

「タイトルは『数学惑星《すうがくわくせい》』。ふたりの数学者《すうがくしゃ》が、ある惑星《わくせい》に不時着《ふじちゃく》し、その世界《せかい》の真理《しんり》を解《と》き明《あ》かしていくというゲームで……」

工藤《くどう》くんは、自分《じぶん》が作《つく》っているゲームのことを、うれしそうに語《かた》りだした。

しかし、その内容《ないよう》は……正直《しょうじき》、わたしには理解不能《りかいふのう》。

絵夢《えむ》くんも、首《くび》をひねりながら、ぽかんとしている。

音宮先輩《おとみやせんぱい》だけは、興味深《きょうみぶか》げに聞《き》いていたが……。

放《ほう》っとくと、どこまでも続《つづ》きそうな工藤《くどう》くんの話《はなし》に、さすがにウンザリしたのか、途中《とちゅう》でさえぎった。そして、用件《ようけん》を切《き》り出《だ》す。

「V《ブイ》チューバーに必要《ひつよう》な人材《じんざい》を集《あつ》めている。おれたちが探《さが》しているのは、モデラーだ。『中《なか》の人《ひと》』と『絵師《えし》』は、もうそろっている。こいつが月島奏《つきしまかなで》、『中《なか》の人《ひと》』だ。……で、こっちが『絵師《えし》』の一色絵夢《いっしきえむ》」

有名人《ゆうめいじん》の絵夢《えむ》くんに引《ひ》き合《あ》わされても、工藤《くどう》くんは「えっ、誰《だれ》？」という感《かん》じでキョトンとしている。

どうやら世間《せけん》のことにうとく、芸能人《げいのうじん》の顔《かお》も知《し》らないらしい。

でも、V《ブイ》チューバーのことには、なぜかやたら詳《くわ》しかったんだ。

「弟《おとうと》がV《ブイ》チューバーのファンなんです。長《なが》いこと病気《びょうき》で入院《にゅういん》してて……お気《き》に入《い》りのV《ブイ》チューバーの配信《はいしん》だけを楽《たの》しみにしてるんです。ぼくがV《ブイ》チューバーのことに関《かか》われるって知《し》ったら……弟《おとうと》のヤツ、きっと喜《よろこ》ぶだろうなぁ」

工藤《くどう》くんは、V《ブイ》チューバーのモデラーをやることに、大乗《おおの》り気《き》だった。

「よし、決《き》まりだな！　工藤《くどう》たくみ、今日《きょう》からおまえはV《ブイ》チューバーのパパだ！」

絵《え》を動《うご》かす技術者《ぎじゅつしゃ》、モデラーのことを、業界用語《ぎょうかいようご》で『パパ』というらしい。

音宮先輩《おとみやせんぱい》は、新《あら》たに仲間《なかま》に加《くわ》わった工藤《くどう》くんと、笑顔《えがお》で握手《あくしゅ》を交《か》わし合《あ》った。

「これで、ママとパパはそろった。あとは……活動拠点《かつどうきょてん》だな」

歌川中学《うたがわちゅうがく》の林《はやし》に囲《かこ》まれた敷地《しきち》の一角《いっかく》には、中学《ちゅうがく》にはめずらしく部室棟《ぶしつとう》がある。

やってきたのは、その中《なか》のひとつ、『ミステリー研究会《けんきゅうかい》』という札《ふだ》がかかった部室《ぶしつ》だった。足《あし》を踏《ふ》み入《い》れると、四方《しほう》を囲《かこ》む本棚《ほんだな》に、ズラリと並《なら》んだ推理小説《すいりしょうせつ》が目《め》に飛《と》び込《こ》んでくる。

「大五郎《だいごろう》、調子《ちょうし》はどうだ？」

音宮先輩《おとみやせんぱい》が声《こえ》をかけると、部室《ぶしつ》の片隅《かたすみ》にいた男子生徒《だんしせいと》が、どんより振《ふ》り返《かえ》る。

「調子《ちょうし》？　もう、最悪《さいあく》よォ～～！」

男子生徒《だんしせいと》は、明智大五郎《あけちだいごろう》という名前《なまえ》で、この中学《ちゅうがく》の2年生《ねんせい》らしい。

一見《いっけん》すると小学生《しょうがくせい》のようにも見《み》えるが、ミステリー研究会《けんきゅうかい》の部長《ぶちょう》で、音宮先輩《おとみやせんぱい》とは小学《しょうがっ》校時代《こうじだい》からの幼《おさな》なじみだという。

見事《みごと》に切《き》りそろえられた坊《ぼっ》ちゃん刈《が》りの髪型《かみがた》は、下《しも》ぶくれの童顔《どうがん》に驚《おどろ》くほどマッチしていて、まるでギャグ漫画《まんが》に出《で》てくるクセ強《つよ》めな男《おとこ》の子《こ》のようだった。

明智先輩《あけちせんぱい》は、音宮先輩《おとみやせんぱい》のとなりにいるわたしのことが気《き》になるようすだ。

「あーちゃんが女《おんな》の子《こ》といっしょにいるなんてめずらしいわね」

（……あーちゃん？　ああ、音宮先輩《おとみやせんぱい》は『碧《あお》』という名前《なまえ》だから、明智先輩《あけちせんぱい》はそう呼《よ》んでるんだね）

明智先輩《あけちせんぱい》は、わたしを上《うえ》から下《した》まで観察《かんさつ》しながら、あれこれ推理《すいり》しはじめた。

「その真新《まあたら》しい制服《せいふく》、見《み》たところ、新入生《しんにゅうせい》ね。髪《かみ》も染《そ》めてないし、スカートの長《なが》さもソッ

ミステリー研究会

クスの色《いろ》も校則《こうそく》の規定通《きていどお》り。絵《え》に描《か》いたようなふつうの中学生《ちゅうがくせい》。でも、今《いま》どき、ここまでふつうな子《こ》っているかしら。気配《けはい》を殺《ころ》したそのたたずまいといい……わかった、アナタ、スパイね⁉」

「えっ⁉」

「ポケットからのぞくそのうさぎは、通信機《つうしんき》でしょ！」

「いや、これは、ぴょん子《こ》のキャラクターがついたボールペンで……」

「言《い》っておしまい！　なんの魂胆《こんたん》があって、あーちゃんに近《ちか》づいたの⁉　さあ！　さあ！　さあ！」

下《しも》ぶくれの大《おお》きな顔《かお》を近《ちか》づけ、明智先輩《あけちせんぱい》は、わたしに迫《せま》ってきた。

「ちょっ……落《お》ち着《つ》けよ、大五郎《だいごろう》。この子《こ》は月島奏《つきしまかなで》。ただの中学生《ちゅうがくせい》だ。歌《うた》が抜群《ばつぐん》にうまいんで、おれがスカウトしてきた」

「……あっそ。なんだ、そういうことね」

明智先輩《あけちせんぱい》は、ちょっとつまらなそうな顔《かお》になる。

「それより『調子《ちょうし》が悪《わる》い』って言《い》ってたけど、いったい、どうしたんだ？」

音宮先輩《おとみやせんぱい》が尋《たず》ねると、明智先輩《あけちせんぱい》は「よくぞ聞《き》いてくれました」とばかりに、愚痴《ぐち》をこぼしはじめた。

「ミステリー研究会《けんきゅうかい》は、部員《ぶいん》たちが次々《つぎつぎ》とやめちゃって……いまや『そして誰《だれ》もいなくなった』(＊)状態《じょうたい》なの。廃部《はいぶ》の危機《きき》なのよ！　ようやく部《ぶ》として認《みと》められて部室《ぶしつ》も手《て》に入《い》れたっていうのに……ああもう、ワタシの人生《じんせい》、お先真《さきま》っ暗《くら》‼」

それを聞《き》いて、音宮先輩《おとみやせんぱい》は、ニヤリと不敵《ふてき》にほほ笑《え》んだ。

「ちょうどよかった。ミステリー研究会《けんきゅうかい》に、おれたちを間借《まが》りさせてくれないか。表向《おもてむ》き、ミス研《けん》の部員《ぶいん》ってことで」

「えっ……？」

明智先輩《あけちせんぱい》は、目《め》を輝《かがや》かせる。

廃部寸前《はいぶすんぜん》のミステリー研究会《けんきゅうかい》にとって、たとえ「表向《おもてむ》き」でも部員《ぶいん》が入《はい》ってくれることは、願《ねが》ってもないことだったらしい。

「悪《わる》くない提案《ていあん》ね！　ワタシ的《てき》にはOK《オーケイ》よ！」

どうやら、交渉《こうしょう》はうまくいったようだ。

＊『そして誰《だれ》もいなくなった』…イギリスの推理作家《すいりさっか》、アガサ・クリスティーによる、推理小説《すいりしょうせつ》の傑作《けっさく》。絶海《ぜっかい》の孤島《ことう》に集《あつ》められた10人《にん》がひとりずつ殺《ころ》されていき、最後《さいご》には誰《だれ》もいなくなってしまう。

わたしたち4人《にん》は、すぐさま、それぞれの担任《たんにん》に入部届《にゅうぶとどけ》を提出《ていしゅつ》した。

そして、晴《は》れてミステリー研究会《けんきゅうかい》の部員《ぶいん》となったんだ。

「……よかった。これで廃部《はいぶ》だけはのがれたワ」

明智先輩《あけちせんぱい》は、ホッとした表情《ひょうじょう》でつぶやく。

「いよいよ『V《ブイ》チューバープロジェクト』が始動《しどう》するんですね」

工藤《くどう》くんが、ワクワクしたようすで言《い》った。

しかし、はしゃぐ一同《いちどう》を前《まえ》にしながら、音宮先輩《おとみやせんぱい》はこう切《き》り出《だ》したんだ。

「その前《まえ》にひとつ、言《い》っておきたいことがある。V《ブイ》チューバーは『身《み》バレ厳禁《げんきん》』だ。その正体《しょうたい》を、誰《だれ》にも知《し》られてはならない。おれたちがこのプロジェクトを立《た》ちあげたことは、絶対《ぜったい》に誰《だれ》にも秘密《ひみつ》だ。親《おや》にも兄弟《きょうだい》にも話《はな》すなよ」

「親《おや》にも？」

わたしは、ちょっとガッカリする。

もしも『V《ブイ》チューバープロジェクト』がうまくいき、夢《ゆめ》が叶《かな》ったら、V《ブイ》チューバーとして歌《うた》うわたしの姿《すがた》を、お母《かあ》さんにだけは見《み》せたかったのに……。

「兄弟《きょうだい》にも……ですか」

工藤《くどう》くんも残念《ざんねん》そうに、ため息《いき》をついた。

V《ブイ》チューバーのモデラーになったことを、きっと弟《おとうと》さんに話《はな》したかったんだね。

そんなわたしたちに、音宮先輩《おとみやせんぱい》はクールな表情《ひょうじょう》を崩《くず》さずに言《い》う。

「『身《み》バレ厳禁《げんきん》』のルールは、ほかならぬ月島《つきしま》、おまえのためなんだからな」

「えっ、わたしの⁉」

「そもそも、V《ブイ》チューバーをやろうってことになったのは、おまえが人前《ひとまえ》で歌《うた》が歌《うた》えないからだろ。身《み》バレして『中《なか》の人《ひと》』がおまえだって知《し》られたら、顔出《かおだ》しして歌《うた》うのと同《おな》じことになるじゃないか」

わたしは、ハッとする。たしかに、その通《とお》りだと思《おも》った。

V《ブイ》チューバーの中身《なかみ》がわたしだって、みんなに知《し》られてしまったら……。

その瞬間《しゅんかん》に、わたしは、V《ブイ》チューバーとしても歌《うた》が歌《うた》えなくなる……。

「……わかりました。V《ブイ》チューバーのことは誰《だれ》にも言《い》いません」

わたしは、意《い》を決《けっ》して誓《ちか》う。

工藤《くどう》くんも、音宮先輩《おとみやせんぱい》の説明《せつめい》に納得《なっとく》し、『身《み》バレ厳禁《げんきん》』のルールを受《う》け入《い》れた。

自分《じぶん》が『神絵師《かみえし》・夜《よる》』だということを秘密《ひみつ》にしておきたい絵夢《えむ》くんも、当然《とうぜん》のことながら、このルールには大賛成《だいさんせい》だった。

そして、わたしたちのことを表向《おもてむ》き『ミステリー研究会《けんきゅうかい》』のメンバーにしておきたい明《あけ》智先輩《ちせんぱい》も、音宮先輩《おとみやせんぱい》の提案《ていあん》には、もろ手《て》をあげて賛成《さんせい》した。

翌日《よくじつ》の放課後《ほうかご》。

ミステリー研究会《けんきゅうかい》の部室《ぶしつ》にやってくると、すでにメンバーが全員集《ぜんいんあつ》まっていた。

真《ま》ん中《なか》の大《おお》きな机《つくえ》の上《うえ》には、お菓子《かし》や料理《りょうり》が並《なら》び、紅茶《こうちゃ》がいい香《かお》りを立《た》てている。

「アンタたちの歓迎会《かんげいかい》よ！　このお菓子《かし》と料理《りょうり》は、ぜんぶワタシが作《つく》ったの！」

ミステリーマニアの明智先輩《あけちせんぱい》は、探偵小説《たんていしょうせつ》に出《で》てくるお菓子《かし》や料理《りょうり》を研究《けんきゅう》し、自分《じぶん》でも作《つく》れるようになったという。

「このシードケーキ（*）は、アガサ・クリスティーの小説《しょうせつ》に出《で》てくる有名《ゆうめい》なお菓子《かし》よ。こっちのチーズとタマネギのパイは、ホームズ（*）が旅《たび》に出《で》るとき、下宿屋《げしゅくや》のハドソン夫人《ふじん》が必《かなら》ずお弁当《べんとう》に入《い》れているメニューなの」

明智先輩《あけちせんぱい》は、話好《はなしず》きだった。

「知《し》ってる？　ホームズってね、依頼主《いらいぬし》をひと目見《めみ》ただけで、職業《しょくぎょう》や生活環境《せいかつかんきょう》なんかをズバズバ当《あ》てちゃうのよ。助手《じょしゅ》のワトソンに初《はじ》めて会《あ》ったときも、日焼《ひや》けした顔《かお》や、袖口《そでぐち》にハンカチを差《さ》し込《こ》むクセを見《み》て、『アフガニスタン帰《がえ》りの軍医《ぐんい》』だって、一発《いっぱつ》で見《み》ぬいたの。ねね、すごくない？」

明智先輩《あけちせんぱい》が話《はな》す話題《わだい》は、彼《かれ》が熱愛《ねつあい》するミステリーの話《はなし》に限《かぎ》られていたが、理系《りけい》オタクの工《く》藤《どう》くんの話《はなし》とは違《ちが》い、わたしにもかろうじて理解《りかい》できる。

ご近所《きんじょ》のオバサンのような語《かた》り口《くち》も、なんだかおかしくて親《した》しみが持《も》てた。


「月島《つきしま》、ちょっと、おれのテストにつき合《あ》え」

パーティーもそろそろお開《ひら》きというとき、音宮先輩《おとみやせんぱい》がわたしに言《い》った。

「マイクとｗｅｂ《ウェブ》カメラを買《か》ったんで、ためしてみたいんだ」

ｗｅｂ《ウェブ》カメラとは、パソコンなどに接続《せつぞく》してリアルタイムで映像《えいぞう》を配信《はいしん》できる小型《こがた》カメラのこと。Ｖ《ブイ》チューバーを始《はじ》めるのに不可欠《ふかけつ》な機材《きざい》のひとつだ。

音宮先輩《おとみやせんぱい》は、それらをわたしの前《まえ》に設置《せっち》して、言《い》う。

＊「シードケーキ」…イギリスの伝統菓子《でんとうがし》で、キャラウェイというスパイスの種《たね》（シード）が入った焼《や》き菓子《がし》。
＊「ホームズ」…シャーロック・ホームズ。イギリスの作家《さっか》、コナン・ドイルが生《う》み出《だ》した、世界一有名《せかいいちゆうめい》な名探《めいたん》偵《てい》。

「なにかしゃべってみろ」

「えっ、しゃべるんですか⁉」

そう問《と》い返《かえ》すと、パソコンの画面《がめん》に映《うつ》ったわたしも「えっ、しゃべるんですか⁉」と問《と》い返《かえ》す。

泡《あわ》を食《く》ったようすが、なんだか恥《は》ずかしくて、わたしは赤《あか》くなった。

すると、絵夢《えむ》くんがわたしに、からかうような視線《しせん》を投《な》げかけてきた。

そして、ドキッとするようなことを言《い》い出《だ》す。

「奏《かなで》ちゃん、キミの歌《うた》も聞《き》いてみたいな」

「えっ、う……歌《うた》⁉」

とまどうわたしを見《み》て、音宮先輩《おとみやせんぱい》がすぐに助《たす》け舟《ぶね》を出《だ》してくれた。

「言《い》ったろ？　月島《つきしま》は、人前《ひとまえ》では歌《うた》が歌《うた》えないんだ。ここでナマ歌《うた》を聞《き》かせるのはムリだけど、歌《うた》ってる映像《えいぞう》ならある」

音宮先輩《おとみやせんぱい》は、パソコンを操作《そうさ》し、『月《つき》の人魚《にんぎょ》』を歌《うた》っているわたしの姿《すがた》を画面《がめん》に映《うつ》し出《だ》した。

絵夢《えむ》くんも、工藤《くどう》くんも、明智先輩《あけちせんぱい》も、みんな、食《く》い入《い》るように画面《がめん》をのぞき込《こ》む。

（うわー、お願《ねが》いだから、そんなにじっくり見《み》ないで！）

わたしは、恥《は》ずかしさに耐《た》えながら、終始《しゅうし》、うつむいていた。

しばらくして、歌《うた》が途切《とぎ》れる。

すると、拍手《はくしゅ》がわき起《お》こった。

手《て》をたたいているのは、工藤《くどう》くんと明智先輩《あけちせんぱい》だった。

「ぼくは、音楽《おんがく》には詳《くわ》しくないですけど……この声《こえ》って、いわゆるクリスタルボイスですよね？　不純物《ふじゅんぶつ》ゼロの透明《とうめい》な歌声《うたごえ》……奇跡《きせき》の絶景《ぜっけい》を目《め》にしているような気分《きぶん》です！」

工藤《くどう》くんは、感激《かんげき》したようすで言《い》った。

「月島《つきしま》ちゃん、アナタ、歌声《うたごえ》だけは、オペラ歌手《かしゅ》並《な》みにすばらしいわね。……あっ、オペラ歌手《かしゅ》といえば、ホームズが敗北《はいぼく》したただひとりの相手《あいて》が、オペラ歌手《かしゅ》のアイリーン・アドラー（＊）なのよ」

明智先輩《あけちせんぱい》は、興奮《こうふん》して推理小説《すいりしょうせつ》の話《はなし》を早口《はやくち》にまくしたてる。

そして、からかい半分《はんぶん》に「歌《うた》を聞《き》きたい」と言《い》ってきた絵夢《えむ》くんも、バツが悪《わる》そうな顔《かお》で

＊「アイリーン・アドラー」…シャーロック・ホームズシリーズ「ボヘミアの醜聞《しゅうぶん》」に登場《とうじょう》する女性《じょせい》。

こうつぶやいたんだ。

「……なるほど。音宮《おとみや》くんが言《い》ってた意味《いみ》がわかったよ。たしかに歌《うた》は絶品《ぜっぴん》だね」

みんなに歌《うた》をほめられて、わたしは有頂天《うちょうてん》になる。

(もしかして……こんなわたしでも、V《ブイ》チューバーになれるのかな?)

そんな思《おも》いがもたげてきた。

ところが——。

「ねえ、あーちゃん。月島《つきしま》ちゃんのこの声《こえ》があれば、V《ブイ》チューバーってヤツ、すぐにでも始《はじ》められるんじゃない?」

明智先輩《あけちせんぱい》が言《い》うと、音宮先輩《おとみやせんぱい》はぶっきらぼうな口調《くちょう》でこう答《こた》えたんだ。

「そんな簡単《かんたん》なもんじゃない」

「簡単《かんたん》じゃないって、どういうこと?」

「V《ブイ》チューバーを始《はじ》めるには、web《ウェブ》カメラのほかに、月島《つきしま》の表情《ひょうじょう》や動《うご》きをトラッキング(*)してキャラと連動《れんどう》させる専用《せんよう》のソフトがいる。その前《まえ》に、ファンの心《こころ》を一瞬《いっしゅん》でわしづかみにするような、魅力的《みりょくてき》な絵《え》も必要《ひつよう》だ。……って、一色《いっしき》、聞《き》いてるか?」

「え……ああ、聞《き》いてるよ」

絵夢《えむ》くんは、どこか気《き》のない返事《へんじ》をした。

音宮先輩《おとみやせんぱい》は、そんな絵夢《えむ》くんに一瞬《いっしゅん》、視線《しせん》を向《む》けたあと、話《はなし》を続《つづ》ける。

「絵《え》を描《か》く以前《いぜん》に必要《ひつよう》なのが、キャラの設定《せってい》とコンセプトだ。それと、歌以外《うたいがい》のプラスアルファも考《かんが》えていかなくてはならない」

「たしかに……一般的《いっぱんてき》にV《ブイ》チューバーと言《い》えば、歌《うた》だけでなく、雑談《ざつだん》やゲーム実況《じっきょう》をしたり、イベントに出演《しゅつえん》したりして、ファンを楽《たの》しませていますしね」

工藤《くどう》くんが言《い》うと、「その通《とお》りだ」と、音宮先輩《おとみやせんぱい》はうなずく。

「おれはこいつを……月島奏《つきしまかなで》を……登録者《とうろくしゃ》100万人《まんにん》のポップスターに育《そだ》てたいんだ！」

決意表明《けついひょうめい》とも言《い》えるその言葉《ことば》に、その場《ば》にいたみんなはシンと静《しず》まりかえった。

「登録者《とうろくしゃ》100万人《まんにん》!?　1万人達成《まんにんたっせい》でさえ難《むずか》しいって言《い》われてるのに……」

絵夢《えむ》くんがあきれたようにつぶやくと、工藤《くどう》くんもうなずいた。

「1万人以上《まんにんいじょう》の登録者数《とうろくしゃすう》を持《も》つチャンネルの割合《わりあい》は、全《ぜん》チャンネルに対《たい》して上位《じょうい》2～3パーセントと言《い》われています」

＊「トラッキング」…ここでは、「中《なか》の人《ひと》」の動《うご》きや表情《ひょうじょう》を判別《はんべつ》し、アバターの動《うご》きや表情《ひょうじょう》とリンクさせる技《ぎ》術《じゅつ》のこと。

しばらくして明智先輩《あけちせんぱい》が、小声《こごえ》でわたしにささやく。

「しっかし、驚《おどろ》いたワ。あーちゃんが、こんなに一生懸命《いっしょうけんめい》になるなんて……。ホームズばりの女《おんな》ぎらいが、女《おんな》の子《こ》をプロデュースする気《き》になったのも意外《いがい》だし」

「えっ？　音宮先輩《おとみやせんぱい》って、女《おんな》ぎらいなんですか？」

「そうよ。小学校時代《しょうがっこうじだい》からモテてモテて……でも、特定《とくてい》の女《おんな》の子《こ》と仲良《なかよ》くなったことは一度《いちど》もないの。あーちゃんがバレンタインデーに女《おんな》の子《こ》からもらったチョコレートを処理《しょり》するのは、ぜ～んぶワタシの役目《やくめ》。おかげで、こんな体形《たいけい》になっちゃって」

明智先輩《あけちせんぱい》は、ぽっこり突《つ》き出《で》たおなかをなでた。

とにもかくにも、天才男子《てんさいだんし》3人《にん》と、オモシロ男子《だんし》ひとりに囲《かこ》まれて、わたしの中学生活《ちゅうがくせいかつ》は彩《いろど》り豊《ゆた》かなものになったんだ。


一方《いっぽう》、クラスの中《なか》でわたしは、浮《う》いた存在《そんざい》だった。

もともと友達作《ともだちづく》りは苦手《にがて》だったんだけど……でも、それだけじゃないんだよね。

なんとなくクラスの女子《じょし》たちから、避《さ》けられてるみたいなんだ。

そんなある日《ひ》、わたしがいつものように教室《きょうしつ》の片隅《かたすみ》で、ひとりポツンとお弁当《べんとう》を食《た》べようとしていると……。

「ねえ、いっしょに食《た》べない？」

佐々木彩《ささきあや》という同級生《どうきゅうせい》が、声《こえ》をかけてきた。

わたしは驚《おどろ》く。

佐々木《ささき》さんは、クラスの中《なか》でもカースト（＊）上位《じょうい》の派手《はで》めな女《おんな》の子《こ》で、いつもは取《と》り巻《ま》きみたいな女子《じょし》たちと、いっしょにお弁当《べんとう》を食《た》べていたから……。

ヒソヒソヒソ……。

佐々木《ささき》さんの取《と》り巻《ま》き女子《じょし》たちが、わたしを見《み》て、ささやきだす。

「ここ、なんか空気悪《くうきわる》いから、屋上《おくじょう》へ行《い》こうか？」

わたしたちは、屋上《おくじょう》へ行《い》き、そこでお弁当《べんとう》を食《た》べることになったんだ。

「クラスの女《おんな》の子《こ》たち、みんな月島《つきしま》さんのこと、陰《かげ》で『魔性《ましょう》の女《おんな》』って呼《よ》んでるんだよ」

屋上《おくじょう》で、わたしは佐々木《ささき》さんから、衝撃的《しょうげきてき》な事実《じじつ》を告《つ》げられた。

「えっ……？」

＊「カースト」…ここでは、学校内《がっこうない》の序列《じょれつ》のこと。もともとは、インドの身分制度《みぶんせいど》であるカーストから来《き》ている。

ショックで、箸《はし》を持《も》つ手《て》が止《と》まる。

佐々木《ささき》さんによると、入学早々《にゅうがくそうそう》、校《こう》内《ない》の人気《にんき》を二分《にぶん》する音宮先輩《おとみやせんぱい》と絵夢《えむ》くんとよくいっしょにいるようになったわたしのことを、クラスの女子《じょし》たちは「手《て》の早《はや》い女《おんな》」「イケメンふたりを天秤《てんびん》にかけている」などとうわさし合《あ》っているらしい。

「そ、そんな……」

今《いま》まで「暗《くら》い」とか「地味《じみ》」とか、陰《かげ》口《ぐち》を言《い》われたことはあったけど、「魔性《ましょう》の女《おんな》」だなんて……そんなふうに言《い》われたことは一度《いちど》もない。

泣《な》きそうになったわたしを見《み》て、佐々《ささ》木《き》さんは、あわてて言《い》った。

「もちろん、あたしは月島《つきしま》さんのこと、そんなふうには思《おも》ってないよ。根《ね》も葉《は》もないうわさで人《ひと》を決《き》めつけ、誹謗中傷《ひぼうちゅうしょう》するのは、よくないことだよね」

「……あ、ありがとう」

佐々木《ささき》さんの言葉《ことば》に、わたしは心《こころ》が救《すく》われた気《き》がしたんだ。

「実《じつ》はね、あたしもクラスの子《こ》たちとは、話《はなし》が合《あ》わないの。だって彼女《かのじょ》たちの話題《わだい》ときたら、男《おとこ》の子《こ》や恋愛《れんあい》のことばっかなんだもん。正直《しょうじき》、あたし、そういうの興味《きょうみ》ないし。いまは、歌《うた》の勉強《べんきょう》に『まっしぐら』って感《かん》じだから」

「えっ、歌《うた》？」

佐々木《ささき》さんは、わたしと同《おな》じく、歌《うた》が大好《だいす》きらしい。

わたしが落《お》ちた合唱《がっしょう》部のオーディションにも合格《ごうかく》し、その一員《いちいん》になっているという。

「あのさ、笑《わら》わないで聞《き》いてほしいんだけど……アイドルになるのが、あたしの夢《ゆめ》なんだよね。合唱部《がっしょうぶ》は、そのためのステップって考《かんが》えてるの。やっぱ歌唱力《かしょうりょく》ってヤツ、ちゃんと身《み》につけておきたいじゃん？」

そう語《かた》る佐々木《ささき》さんの瞳《ひとみ》は、キラキラと輝《かがや》いて、とてもまぶしかった。

（うん。佐々木《ささき》さんなら、きっとなれるよ、アイドルに……）

この日《ひ》から、わたしたちは、毎日《まいにち》、いっしょにお弁当《べんとう》を食《た》べる仲《なか》になった。

そして、「彩《あや》」「奏《かなで》」と、お互《たが》いを下《した》の名前《なまえ》で呼《よ》び合《あ》うようになったんだ。


ある日《ひ》の放課後《ほうかご》、ミステリー研究会《けんきゅうかい》の部室《ぶしつ》に行《い》くと、工藤《くどう》くんがうれしそうにわたしに告《つ》げてきた。

「音宮《おとみや》さんが、V《ブイ》チューバーの活動《かつどう》に必要《ひつよう》なソフトをひと通《とお》り買《か》いそろえてくれたんです。トラッキングソフトに、動画編集用《どうがへんしゅうよう》ソフト、それと配信用《はいしんよう》のソフトも……」

人気《にんき》ユーチューバー・カケルくんの動画音楽《どうがおんがく》を一手《いって》に引《ひ》き受《う》けている音宮先輩《おとみやせんぱい》は、中学生《ちゅうがくせい》の身《み》でありながらけっこうな収入《しゅうにゅう》があるらしい。

それらのソフトは、すべて自腹《じばら》で買《か》ったのだという。

そこに、明智先輩《あけちせんぱい》が不機嫌《ふきげん》な顔《かお》で現《あらわ》れた。

「ちょっと、ちょっと、アンタたち、場所取《ばしょと》りすぎなんじゃないい!?」

見《み》ると、ミステリー研究会《けんきゅうかい》の本棚《ほんだな》の一角《いっかく》は、V《ブイ》チューバー関連《かんれん》の機材《きざい》や資料《しりょう》などに占領《せんりょう》され、以前《いぜん》、そこに置《お》かれていた推理小説《すいりしょうせつ》が隅《すみ》っこに追《お》いやられていた。

「別《べつ》にいいだろ。この部屋《へや》は、おれたちの部室《ぶしつ》でもあるんだから」

音宮先輩《おとみやせんぱい》が言《い》い返《かえ》すと、売《う》り言葉《ことば》に買《か》い言葉《ことば》で明智先輩《あけちせんぱい》も言《い》い返《かえ》し、ふたりは大《おお》ゲンカになる。

「この部室《ぶしつ》の大家《おおや》は、ワタシよ！　アンタたちは居候《いそうろう》じゃない！」

「おれたちがいなかったら、ミス研《けん》は廃部《はいぶ》だろーが！」

「ふたりとも、ガキじゃないんだから……」

絵夢《えむ》くんがあいだに入《はい》って、ふたりは言《い》い争《あらそ》いをやめる。

しかし、明智先輩《あけちせんぱい》が、とんでもないことを言《い》い出《だ》したんだよね。

「この部室《ぶしつ》の中《なか》で、ミステリー研究会《けんきゅうかい》はワタシだけ。1対《たい》4で、ワタシは少数派《しょうすうは》だワ。このままじゃアンタたちに侵食《しんしょく》されて、ミステリー研究会《けんきゅうかい》の存在感《そんざいかん》はどんどん希薄《きはく》になる。そこでワタシは考《かんが》えた！」

明智先輩《あけちせんぱい》が取《と》り出《だ》したのは、1枚《まい》のチラシだった。

そこには、こう書《か》かれていた。

《事件《じけん》の解決《かいけつ》、請《う》け負《お》います！　名探偵《めいたんてい》と助手《じょしゅ》たちが、あなたの依頼《いらい》に応《こた》えます！　お悩《なや》みを抱《かか》えたそこのアナタ、ぜひミステリー研究会《けんきゅうかい》にご相談《そうだん》を！》

「なんだこれ⁉　名探偵《めいたんてい》と助手《じょしゅ》たちって、誰《だれ》のことだよ⁉」

音宮先輩《おとみやせんぱい》があきれて問《と》い返《かえ》すと、明智先輩《あけちせんぱい》は胸《むね》を張《は》って答《こた》える。

「名探偵《めいたんてい》はもちろん、このワタシ！　助手《じょしゅ》たちは、アンタたちのことよ！」

「おれたちにも探偵《たんてい》のまねごとをしろってか⁉」

「いいじゃん。ここらで、どーんと目立《めだ》ったことをして、ミス研《けん》の地位《ちい》を不動《ふどう》のものにしておきたいの。アンタたちも協力《きょうりょく》してくれるでしょ？　ね？　ね？」

明智先輩《あけちせんぱい》は拝《おが》むようなしぐさをしたが、音宮先輩《おとみやせんぱい》は仏頂面《ぶっちょうづら》で顔《かお》を背《そむ》ける。

絵夢《えむ》くんや工藤《くどう》くんも、ビミョーな表情《ひょうじょう》で視線《しせん》をそらしたのだった。

第《だい》2章《しょう》

呪《のろ》われた合《がっ》唱《しょう》部《ぶ》員《いん》

「おれは反対《はんたい》だ！」

音宮先輩《おとみやせんぱい》はピシャリと言《い》った。

「なんでよ⁉」

明智先輩《あけちせんぱい》が食《く》いさがる。

「身《み》バレだよ。ミステリー研究会《けんきゅうかい》で事件《じけん》の依頼《いらい》を受《う》けるとなれば、この部屋《へや》に、人《ひと》の出入《でい》りが多《おお》くなるだろ？　おれたちがV《ブイ》チューバーをやろうとしていることに気《き》づくヤツがいるかもしれない」

「バレないようにやればいいじゃない？」

「そんなことをいちいち気《き》にしてたら、落《お》ち着《つ》いて活動《かつどう》ができなくなるだろーが！」

「そんなケチくさいこと言《い》わずにサァ。幼《おさな》なじみのあーちゃんとワタシの仲《なか》でしょ？」

「幼《おさな》なじみで、おまえのことよく知《し》ってるから言《い》ってるんだ！　悪《わる》いことは言《い》わない、探偵《たんてい》ごっこなんかやめとけ。ミス研《けん》の評判《ひょうばん》を下《さ》げるだけだぞ」

「はあぁ⁉　どういう意味《いみ》よ⁉」

ふたりは、またまた大《おお》ゲンカ。

（ヤバい。どうしよう……）

と、そこに、トントンと、ノックの音《おと》が聞《き》こえてきた。

「あの……チラシを見《み》て、来《き》たんですけど……」

（げっ‼）

わたしは、思《おも》わずあとずさって、壁《かべ》に張《は》りつく。

訪《たず》ねてきたのは、なんと……合唱部《がっしょうぶ》の部長《ぶちょう》、冬森雪菜《ふゆもりゆきな》さんだったんだ。

手《て》にしているのは……。

（えっ⁉）

《事件《じけん》の解決《かいけつ》、請《う》け負《お》います！》と書《か》かれたチラシ⁉

明智先輩《あけちせんぱい》は、どうやら自分《じぶん》が作《つく》ったチラシを、すでに一定枚数《いっていまいすう》、校内《こうない》でバラまいていたようで……。

「ご依頼《いらい》の方《かた》ですか⁉　ササ、どうぞこちらへ‼」

ホクホク顔《がお》で、冬森部長《ふゆもりぶちょう》を部室《ぶしつ》に招《まね》き入《い》れる。

わたしたちは、大《おお》あわてでV《ブイ》チューバー関連《かんれん》の機材《きざい》や資料《しりょう》を隠《かく》し、その場《ば》はミステリー研究会《けんきゅうかい》のフリをした。

冬森部長《ふゆもりぶちょう》は、明智先輩《あけちせんぱい》にすすめられたイスに座《すわ》ると、大《おお》きくひとつ、ため息《いき》をつく。

とても思《おも》いつめた顔《かお》だ。わたしのことにも気《き》づかないのか、声《こえ》もかけてこない。

いや、はなから、おぼえていないだけなのかもしれないけど……。

「……で、ご依頼《いらい》の内容《ないよう》はどのようなことでしょう?」

秘蔵《ひぞう》の紅茶《こうちゃ》を差《さ》し出《だ》しながら、明智先《あけちせん》輩《ぱい》が冬森部長《ふゆもりぶちょう》に尋《たず》ねる。

「実《じっ》は……合唱部《がっしょうぶ》がいま、たいへんなことになってて……」

冬森部長《ふゆもりぶちょう》は、暗《くら》い表情《ひょうじょう》で語《かた》りだした。

「最初《さいしょ》に問題《もんだい》が起《お》きたのは、10日《か》ほど前《まえ》のことだったわ。その頃《ころ》、わたしたち合《がっ》唱部《しょうぶ》は、2か月後《げつご》に迫《せま》ったコンクールに向《む》けて、合唱曲《がっしょうきょく》の練習《れんしゅう》を始《はじ》めていたの」

コンクールで歌《うた》う曲《きょく》は、顧問《こもん》の矢神文也先生《やがみふみやせんせい》が作詞《さくし》・作曲《さっきょく》したものだという。

「矢神先生《やがみせんせい》は、産休《さんきゅう》で休《やす》んでいる顧問《こもん》の代《か》わりに、最近《さいきん》、この学校《がっこう》にやってきた臨時雇《りんじやと》いの音楽講師《おんがくこうし》でね、本業《ほんぎょう》は作曲家《さっきょくか》。やさしくて、とーってもいい先生《せんせい》なのよ」

(うん。たしかに、やさしそうな雰囲気《ふんいき》だったな)

「合唱曲《がっしょうきょく》は、先生《せんせい》が作曲《さっきょく》したオリジナルなんだけど、本当《ほんとう》にすばらしい曲《きょく》で……これで合《がっ》唱部《しょうぶ》は今期《こんき》も金賞《きんしょう》だって、みんな、はりきってたわ。その矢神先生《やがみせんせい》の推薦《すいせん》で、合唱曲《がっしょうきょく》のソロパートを歌《うた》うメンバーに選《えら》ばれたのが、1年生《ねんせい》の部員《ぶいん》だったの。緑川《みどりかわ》リサっていう子《こ》なんだけど……」

(緑川《みどりかわ》リサ……えっ、リサちゃん!?)

オーディションのときに会《あ》ったリサちゃんとは、その後《ご》も何度《なんど》か顔《かお》を合《あ》わせる機会《きかい》があり、合唱部《がっしょうぶ》に入部《にゅうぶ》できたってことは知《し》っていた。

(でも、ソロパートに選《えら》ばれてたなんて知《し》らなかったなぁ……)

冬森部長《ふゆもりぶちょう》によると、入部《にゅうぶ》したての1年生《ねんせい》がソロパートを任《まか》されることは、めったにないことらしい。異例《いれい》の大抜擢《だいばってき》だったんだ。

ところが、リサちゃんは日《ひ》に日《ひ》に元気《げんき》をなくしていったという。

「練習《れんしゅう》が始《はじ》まって1週間後《しゅうかんご》、緑川《みどりかわ》さんは、とうとう不登校《ふとうこう》になってしまったの。病欠《びょうけつ》って言《い》ってたけど、はっきりとした理由《りゆう》がわからなくて……。メールにも返信《へんしん》はなかったし……。そんなとき、学校《がっこう》の裏《うら》アカに、あるうわさが流《なが》れたのよ」

それは**《合唱部《がっしょうぶ》で1年生《ねんせい》がソロパートを任《まか》されると、呪《のろ》いがかかる》**といううわさだった。

「15年前《ねんまえ》、合唱部《がっしょうぶ》には、歌《うた》のうまいふたりの1年生《ねんせい》の部員《ぶいん》がいたの。ひとりは、合唱《がっしょう》コンクールのソロに抜擢《ばってき》されたらしいわ。でも、もうひとりの1年生《ねんせい》は、同《おな》じレベルの実力《じつりょく》を持《も》ちながら、ソロには選《えら》ばれなかったのよね」

選《えら》ばれなかった部員《ぶいん》は、もうひとりの部員《ぶいん》を恨《うら》み、呪《のろ》いをかけたという。

「ソロになった部員《ぶいん》の身《み》には、その後《ご》、次々《つぎつぎ》と恐《おそ》ろしい出来事《できごと》がふりかかり……そして、最後《さいご》には……音楽室《おんがくしつ》の窓《まど》から飛《と》び降《お》りたって……」

冬森部長《ふゆもりぶちょう》の口調《くちょう》は、怪談《かいだん》の語《かた》り手《て》のように、真《しん》に迫《せま》っていた。

「呪《のろ》いは、いまも合唱部《がっしょうぶ》にかけられていて、ソロになれなかった部員《ぶいん》の生霊《いきりょう》と、呪《のろ》われて死《し》んだもうひとりの部員《ぶいん》の霊《れい》が、音楽室《おんがくしつ》に取《と》り憑《つ》いてるって言《い》われてるのよ」

ぞおおぉぉ――っ！

（こ、怖《こわ》い……）

ところが、音宮先輩《おとみやせんぱい》は、平然《へいぜん》とした顔《かお》で言《い》ったんだ。

「単《たん》なるデマじゃないですか」

「わたしも最初《さいしょ》はそう思《おも》ったわ。15年前《ねんまえ》の呪《のろ》いのうわさは、合唱部員《がっしょうぶいん》たちのあいだで、以《い》前《ぜん》から都市伝説《としでんせつ》みたいにささやかれていたものだったし、誰《だれ》も本当《ほんとう》のことだなんて信《しん》じてなかったしね。緑川《みどりかわ》さんの不登校《ふとうこう》は、精神的《せいしんてき》なものが原因《げんいん》だろうって考《かんが》えていたの」

（……精神的《せいしんてき》なもの？）

「率直《そっちょく》に言《い》って、彼女《かのじょ》は特別《とくべつ》、歌《うた》がうまい部員《ぶいん》ではなかったのよ。矢神先生《やがみせんせい》がなんであの子《こ》をソロに選《えら》んだのか、正直《しょうじき》、わたしにはわからなかった。でも、ソロに選《えら》ばれた以上《いじょう》は、完璧《かんぺき》に役目《やくめ》を果《は》たしてもらわないと困《こま》るでしょ？　だからわたし、厳《きび》しく指導《しどう》に当《あ》たったの」

（つまり、冬森部長《ふゆもりぶちょう》のシゴキが原因《げんいん》で、リサちゃんは不登校《ふとうこう》になった？）

「でも、その後《ご》、緑川《みどりかわ》さんに代《か》わって、別《べつ》の1年生《ねんせい》がソロになったの。その子《こ》はわたしが選《えら》んだ子《こ》で、歌《うた》も抜群《ばつぐん》にうまかったし、自信満々《じしんまんまん》な部員《ぶいん》だったわ。今度《こんど》こそなにも問題《もんだい》は起《お》きないだろうって思《おも》ったのよ」

ところが、結果《けっか》はリサちゃんのときと同《おな》じだったという。

「新《あたら》しくソロに選《えら》ばれたその1年生《ねんせい》も、またたく間《ま》に元気《げんき》をなくしていったの。そして、ソロに選《えら》ばれてからわずか数日後《すうじつご》、『あたしにも呪《のろ》いがかけられているんです』って、そう言《い》い残《のこ》して練習《れんしゅう》に来《こ》なくなってしまったのよ」

「あの……その1年生《ねんせい》って、誰《だれ》なんですか?」

わたしは、思《おも》わず身《み》を乗《の》り出《だ》す。

冬森部長《ふゆもりぶちょう》は答《こた》えた。

「佐々木彩《ささきあや》という部員《ぶいん》よ」

(彩《あや》!?)

あの彩《あや》が……。

クラスでたったひとり、わたしの友達《ともだち》になってくれた彩《あや》が……。

毎日《まいにち》、いっしょにお弁当《べんとう》を食《た》べていたのに、わたしはなにも気《き》づかなかったんだ。

(なんとかして彩《あや》を助《たす》けなきゃ……。でも、どうすれば……?)

そのとき、明智先輩《あけちせんぱい》が言《い》った。

「われらミステリー研究会《けんきゅうかい》にお任《まか》せあれ！」

（か……かっこいい！）

いままでオモシロ男子《だんし》としか思《おも》っていなかった明智先輩《あけちせんぱい》の姿《すがた》が、急《きゅう》に後光《ごこう》がさしたように輝《かがや》いて見《み》えたんだ。

「ワタシのカンでは、この事件《じけん》の裏《うら》には犯人《はんにん》がいます」

（えっ、犯人《はんにん》!?）

「陰謀《いんぼう》の匂《にお》いがプンプンしますね」

（い……陰謀《いんぼう》!?）

「なーに、これしきの事件《じけん》、名探偵《めいたんてい》のワタシの手《て》にかかれば、３日《か》で解決《かいけつ》できますよ！」

「どうかよろしくお願《ねが》いします！」

冬森部長《ふゆもりぶちょう》は、立《た》ちあがって、ペコリと頭《あたま》を下《さ》げる。

「あの……それと、ひとつ、お願《ねが》いがあって……」

ミステリー研究会《けんきゅうかい》に調査《ちょうさ》の依頼《いらい》をしたことを、合唱部《がっしょうぶ》のみんなにはないしょにしておいてほしいって、冬森部長《ふゆもりぶちょう》は言《い》ってきたんだ。

「合唱《がっしょう》コンクールを２か月後《げつご》に控《ひか》えたこの時期《じき》、部員《ぶいん》たちを不安《ふあん》にさせたくないと、矢神《やがみ》先生《せんせい》もおっしゃってて……」

「わかりました。調査《ちょうさ》は内密《ないみつ》に行《おこな》います」

明智先輩《あけちせんぱい》がそう約束《やくそく》すると、冬森部長《ふゆもりぶちょう》はホッとしたみたい……。

少《すこ》しだけ笑顔《えがお》になって帰《かえ》っていったんだ。


「……てなわけで、さっそく調査《ちょうさ》を始《はじ》めようじゃないの！」

冬森部長《ふゆもりぶちょう》が帰《かえ》ったあと、明智先輩《あけちせんぱい》は上機嫌《じょうきげん》でみんなに呼《よ》びかけた。

だが、音宮先輩《おとみやせんぱい》は、けんもほろろに言《い》う。

「おれたちにそんなヒマはない」

勝手《かって》にチラシを撒《ま》いて事件《じけん》の依頼《いらい》を受《う》け、わたしたちのことも巻《ま》き込《こ》もうとしている。そんな明智先輩《あけちせんぱい》に対《たい》して、音宮先輩《おとみやせんぱい》はかなり怒《おこ》っているようすだった。

わたしは、音宮先輩《おとみやせんぱい》を気《き》にしながらも、おずおずと切《き》り出《だ》す。

「あの……合唱部《がっしょうぶ》の佐々木彩《ささきあや》は、わたしの友達《ともだち》なんです。その彩《あや》が……苦《くる》しんでいるなら……なんとかしてあげたいっていうか……わたし、明智先輩《あけちせんぱい》の調査《ちょうさ》をお手伝《てつだ》いします！」

「えっ、月島《つきしま》ちゃん、手伝《てつだ》ってくれるの⁉　そいつはありがたいワ！」

明智先輩《あけちせんぱい》は、満面《まんめん》の笑《え》みで、わたしの両手《りょうて》を握《にぎ》りしめる。

すると、工藤《くどう》くんも言《い》った。

「ぼくもお手伝《てつだ》いしますよ。謎解《なぞと》きっておもしろそうだし、今《いま》まで頭《あたま》の中《なか》だけのものだった『論理的思考《ろんりてきしこう》』が、現実世界《げんじつせかい》でどこまで通用《つうよう》するか、試《ため》してみたいんで」

「……わかった。ぼくも協力《きょうりょく》する」

「えっ、一色《いっしき》さんも!?」

わたしは驚《おどろ》き、絵夢《えむ》くんを見《み》た。

「『一色《いっしき》さん』じゃなくて、『絵夢《えむ》くん』だろ?」

絵夢《えむ》くんは、なにやら怒《おこ》ったような表情《ひょうじょう》でわたしを見返《みかえ》し、こう言《い》ったんだ。

「苦《くる》しんでる友達《ともだち》を放《ほう》っておけない……キミって、ほんっと、めんどくさいヤツだよね。でも、キミのそういうとこ、きらいじゃないから」

「あ、ありがとう……絵夢《えむ》……くん」

それまで絵夢《えむ》くんにきらわれているとばかり思《おも》っていたわたしは、意外《いがい》な言葉《ことば》を聞《き》いて、うれしくなる。

一方《いっぽう》、音宮先輩《おとみやせんぱい》はというと……ますます不機嫌《ふきげん》になったようだった。

「勝手《かって》にしろ」

そう言《い》い捨《す》て、部室《ぶしつ》を出《で》ていってしまったんだ。

（……どうしよう。音宮先輩《おとみやせんぱい》、本気《ほんき》で怒《おこ》っちゃったかな？）

わたしは不安《ふあん》になる。

「気《き》にすることないワよ。あーちゃんは、いっつもそうなの。自分《じぶん》の思《おも》い通《どお》りにならないとスネちゃうのよね。でも時間《じかん》が経《た》てば、すぐに忘《わす》れるから。ワタシと同《おな》じB型《ビーがた》だし」

「血液型占《けつえきがたうらな》いに科学的根拠《かがくてきこんきょ》はありません。そもそもABO《エービーオー》の血液型《けつえきがた》は、赤血球《せっけっきゅう》の抗原《こうげん》の型《かた》の違《ちが》いです。これが性格《せいかく》にどう影響《えいきょう》するかを示《しめ》した研究《けんきゅう》データはないんです」

工藤《くどう》くんは真顔《まがお》で意見《いけん》を述《の》べたが、明智先輩《あけちせんぱい》は聞《き》こえなかったかのようにスルーし、皆《みな》を促《うなが》した。

「ねえ、それより早《はや》く調査《ちょうさ》を始《はじ》めましょう」

その言葉《ことば》に、絵夢《えむ》くんもうなずく。

「まずは緑川《みどりかわ》リサと佐々木彩《ささきあや》、呪《のろ》いの被害者《ひがいしゃ》と思《おも》われるふたりに、詳《くわ》しい事情《じじょう》を聞《き》いてみないことにはね。……奏《かなで》ちゃん、佐々木彩《ささきあや》とは同《おな》じクラスなの？」

「うん。彩《あや》、今日学校《きょうがっこう》には来《き》てたから、まだ教室《きょうしつ》にいるかもしれない」

わたしたちは部室《ぶしつ》を出《で》て、1年C組《ねんシーぐみ》の教室《きょうしつ》をのぞいてみた。

しかし、彩《あや》はすでに帰《かえ》ってしまったらしく、教室《きょうしつ》に姿《すがた》はなかった。

チャットアプリにメッセージを送《おく》ってみたけど、彩《あや》からの返信《へんしん》はない。

電話《でんわ》もかけてみたけど……彩《あや》は電話《でんわ》にも出《で》なかった。

「……ま、しかたないワね」

明日《あす》、彩《あや》が登校《とうこう》してきたら事情《じじょう》を聞《き》いてみようということになり、わたしたちは校舎《こうしゃ》をあとにする。


校門《こうもん》に向《む》かって歩《ある》いていると、おおぜいの人《ひと》だかりが目《め》に飛《と》び込《こ》んできた。

「号外《ごうがい》！　号外《ごうがい》！　合唱部《がっしょうぶ》で身《み》も凍《こお》る怪奇事件《かいきじけん》が勃発《ぼっぱつ》した！　ふたりの新入部員《しんにゅうぶいん》に呪《のろ》いがかけられ、そのうち、ひとりは不登校《ふとうこう》になっている！」

見《み》ると、ハンチング帽《ぼう》にマントに下駄《げた》という、大正時代《たいしょうじだい》のバンカラ（*）スタイルのような

＊「バンカラ」…大正《たいしょう》・昭和時代《しょうわじだい》に学生《がくせい》たちにはやった、学生服《がくせいふく》に下駄《げた》をはきマントをはおったスタイル。西洋風《せいようふう》のスタイル（ハイカラ）への反骨精神《はんこつせいしん》から生《う》まれた。

かっこうをした男子生徒《だんしせいと》が、号外《ごうがい》を配《くば》っていた。

「アレは悪名高《あくめいたか》き『西園寺砲《さいおんじほう》』よ」

明智先輩《あけちせんぱい》によると、『西園寺砲《さいおんじほう》』という異名《いみょう》を持《も》つその男子生徒《だんしせいと》は、この中学《ちゅうがく》の2年生《ねんせい》で、本名《ほんみょう》は西園寺《さいおんじ》タケル。新聞部《しんぶんぶ》の部長《ぶちょう》だという。

「父親《ちちおや》は有名《ゆうめい》なジャーナリストで、母方《ははかた》の祖父《そふ》は新聞社《しんぶんしゃ》の社主《しゃしゅ》。超《ちょう》セレブな家庭《かてい》のおぼっちゃまなの。学校新聞《がっこうしんぶん》の記事《きじ》を取材《しゅざい》するために100万円《まんえん》を使《つか》ったり、ヘリコプターで事件現《じけんげん》場《ば》に降《お》り立《た》ったり、お金《かね》の使《つか》い方《かた》もやることも、とにかく派手《はで》で超過激《ちょうかげき》」

記事《きじ》の内容《ないよう》が気《き》になったわたしは、ほかの生徒《せいと》にまじって西園寺《さいおんじ》さんのそばに寄《よ》り、号外《ごうがい》を受《う》け取《と》った。

すると、センセーショナルな見出《みだ》しが目《め》に飛《と》び込《こ》んでくる。

《部員《ぶいん》たちが次々《つぎつぎ》と呪《のろ》われる合唱部《がっしょうぶ》!!　15年前《ねんまえ》のまがまがしい事件《じけん》がきっかけか!?》

西園寺《さいおんじ》さんは、裏《うら》アカに書《か》き込《こ》まれた呪《のろ》いのうわさも取《と》りあげて「これでもか!」と、合《がっ》唱部《しょうぶ》の危機《きき》をあおっていた。

記事《きじ》を見《み》た絵夢《えむ》くんは、マユをひそめながら言《い》う。

「『西園寺砲《さいおんじほう》』っていうアダ名《な》は、以前《いぜん》、数学《すうがく》の先生《せんせい》のスキャンダルをスッパぬいて、辞職《じしょく》に追《お》い込《こ》んだときにつけられたらしい。先生方《せんせいがた》も『西園寺砲《さいおんじほう》』を恐《おそ》れて口出《くちだ》しできず、やりたい放題《ほうだい》なんだ。……実《じつ》は、ぼくも『西園寺砲《さいおんじほう》』の洗礼《せんれい》を受《う》けたことがあってね」

（えっ、絵夢《えむ》くんもなにか被害《ひがい》にあったってこと？）

「1年《ねん》のとき、ある女生徒《じょせいと》から、サインを求《もと》められた。学校《がっこう》では、ひとりの生徒《せいと》でいたいって思《おも》ったから、ぼくはそれを断《ことわ》ったんだ。そしたら、どこでうわさを聞《き》きつけたのか、翌日《よくじつ》の学校新聞《がっこうしんぶん》に……」

《サインはNG《エヌジー》⁉　人気俳優《にんきはいゆう》の、お高《たか》くとまった裏《うら》の顔《かお》‼》

そんな見出《みだ》しで、あることないこと書《か》き立《た》てられていたらしい。

（そんな……ひどい！）

絵夢《えむ》くんの胸《むね》の内《うち》を思《おも》い、わたしはやり切《き》れない気持《きも》ちになった。


この日《ひ》は家《いえ》に帰《かえ》ってからも、わたしは西園寺《さいおんじ》さんが配《くば》っていた号外《ごうがい》を見《み》ながら、ため息《いき》をついていた。

連絡《れんらく》が取《と》れない彩《あや》のことも、心配《しんぱい》だった。

そのとき、テレビを観《み》ていたお母《かあ》さんが、画面《がめん》を指《ゆび》さしながら言《い》ったんだ。

「ねえ、この子《こ》、うわさに聞《き》いたんだけど、奏《かなで》と同《おな》じ学校《がっこう》なんだってね？　会《あ》ったことある？」

画面《がめん》に映《うつ》っていたのは、ドラマで主役《しゅやく》を演《えん》じている絵夢《えむ》くんだ。

(わっ、絵夢《えむ》くん！)

思《おも》わず叫《さけ》び出《だ》しそうになったけど……ハッと気《き》づいて、とっさにウソをつく。

「……そ、そうなの？　わたし、会《あ》ったことないけど……」

絵夢《えむ》くんに会《あ》っていることを話《はな》せば、わたしがV《ブイ》チューバーをやろうとしていることも、話《はな》さなきゃならなくなる。

(ごめんなさい、お母《かあ》さん……)

わたしは、心《こころ》の中《なか》で手《て》を合《あ》わせた。

翌日《よくじつ》、彩《あや》はちゃんと登校《とうこう》してきた。

でも、その顔《かお》は……すっごく暗《くら》かったんだ。

「あの……学校新聞《がっこうしんぶん》で読《よ》んだんだけど……合唱部《がっしょうぶ》、なんかたいへんみたいだね」

わたしが声《こえ》をかけると、彩《あや》はうなずく。

「あの記事《きじ》に出《で》てくる『呪《のろ》われた合唱部員《がっしょうぶいん》』って、実《じつ》はあたしのことなんだ」

リサちゃんの代《か》わりにソロに選《えら》ばれて以来《いらい》、彩《あや》は呪《のろ》いに苦《くる》しめられているという。

「怖《こわ》い夢《ゆめ》を、毎晩《まいばん》のように見《み》るようになったの」

「……怖《こわ》い夢《ゆめ》？」

「夢《ゆめ》の中《なか》で、あたしは学校《がっこう》の廊下《ろうか》を歩《ある》いている。すると、後《うし》ろから『呪《のろ》ってやる』っていう、低《ひく》い、つぶやきみたいな声《こえ》が聞《き》こえてきてね。振《ふ》り返《かえ》ると、誰《だれ》もいないんだけど……声《こえ》は、ずっとずっと、あたしにつきまとってくるの」

ぞっ……。

「学校中《がっこうじゅう》を逃《に》げ回《まわ》って、あたしは音楽室《おんがくしつ》にたどり着《つ》く。ようやく逃《に》げ切《き》ったって思《おも》ったら……すぐ後《うし》ろでまたあの怖《こわ》い声《こえ》がして……あたし、とっさに音楽室《おんがくしつ》の窓《まど》から飛《と》び降《お》りるの。そして、真《ま》っ逆《さか》さまに下《した》へ落《お》ちていくっていう夢《ゆめ》」

ぞぞ――っ……。

「悪夢《あくむ》を見《み》るようになってから、放課後《ほうかご》、合唱部《がっしょうぶ》の練習《れんしゅう》に行《い》くのが怖《こわ》くなっちゃって……。冬森部長《ふゆもりぶちょう》からは『練習《れんしゅう》に出《で》て来《こ》い』ってメールが何度《なんど》も来《く》るんだけど……どうしても怖《こわ》くて……」

（……わ、わかるよ。わたしだったら、ビビって合唱部《がっしょうぶ》、やめちゃうもん）

そう考《かんが》えて、わたしはハッとした。

明智先輩《あけちせんぱい》は、たしか「この事件《じけん》の裏《うら》には、犯人《はんにん》がいる」って言《い》ってたっけ……。

（もしも犯人《はんにん》がいるとしたら……）

その目的《もくてき》は、彩《あや》に「自分《じぶん》は呪《のろ》われている」と思《おも》い込《こ》ませて、自《みずか》らソロを降《お》りるようにしむけること……？

「彩《あや》、弱気《よわき》になっちゃダメだよ！」

わたしは、彩《あや》の手《て》を握《にぎ》りしめた。

「せっかく実力《じつりょく》が認《みと》められてソロに選《えら》ばれたのに……このまま練習《れんしゅう》に行《い》けなくなっちゃったりしたら……それこそ犯人《はんにん》の思《おも》うツボだよ！」

「……犯人《はんにん》？」

「あ……いや、とにかく勇気《ゆうき》を出《だ》して……ね？」

うまく言葉《ことば》にならなかったけど、なんとかがんばって練習《れんしゅう》に行《い》くよう、わたしは彩《あや》を励《はげ》ました。

「……わ、わかったよ」

彩《あや》は、うなずいてくれた。

でも、どこかとまどっているようにも見《み》えたんだ。

その日《ひ》は一日中《いちにちじゅう》、彩《あや》のことばかり考《かんが》えていた。

（練習《れんしゅう》に行《い》けなんて言《い》っちゃったけど……。もしもうわさが本当《ほんとう》で、彩《あや》が呪《のろ》われているとしたら……）

彩《あや》が見《み》た悪夢《あくむ》の話《はなし》を思《おも》い出《だ》し、わたしは不安《ふあん》になる。

そこで、みんなに相談《そうだん》しようと、放課後《ほうかご》、まっすぐミステリー研究会《けんきゅうかい》の部室《ぶしつ》に向《む》かったんだ。

音宮先輩《おとみやせんぱい》と明智先輩《あけちせんぱい》の姿《すがた》はなく、そこには、絵夢《えむ》くんと工藤《くどう》くんだけがいた。

工藤《くどう》くんは、V《ブイ》チューバー関連《かんれん》のソフトを研究《けんきゅう》することに夢中《むちゅう》になっている。

絵夢《えむ》くんは、タブレットに向《む》かって懸命《けんめい》に絵《え》を描《か》いていた。

わたしが彩《あや》の見《み》た悪夢《あくむ》の話《はなし》をすると、絵夢《えむ》くんは即座《そくざ》にこう言《い》ったんだ。

「たぶんそれ、自己暗示《じこあんじ》ってヤツだよ。呪《のろ》いをかけられてるって思《おも》い込《こ》んでるから、そんな夢《ゆめ》を見《み》てしまうんだ」

謎と不思議と
新刊続々!
ナゾノベル
警告】ひとたび読み始めた
ら、謎《なぞ》と不思議の世界から
抜《ぬ》け出《だ》せなくなるかもしれ
ません。覚悟《かくご》を決めて、本を
手にお取りください。
ようこそ、「ナゾノベル」へ。
今日はどんな謎《なぞ》と不思議をお探しですか?
ここは、信じられない、予想もつかない、
読んだことがない、ワクワクする、ゾクゾクする、びっくりする、
そして、知らない世界を知ることができる
あなたが気に入るストーリーが、必ず見つかる場所です。

すると、工藤《くどう》くんもうなずく。

「呪《のろ》いと呼《よ》ばれるもののほとんどは、科学《かがく》で説明《せつめい》がつきます」

（……うん、やっぱ、そう考《かんが》えていいんだよね）

わたしは、ホッとする。

ふと絵夢《えむ》くんの手《て》もとに目《め》をやると、タブレットに描《か》かれていたのは、わたしによく似《に》た天使《てんし》のような女《おんな》の子《こ》の絵《え》だった。

「わあ、かわいい！」

わたしは、思《おも》わず食《く》い入《い》るように絵《え》をのぞき込《こ》む。

すると、絵夢《えむ》くんは、不機嫌《ふきげん》そうにくちびるをとがらせた。

「V《ブイ》チューバーのキャラクターの図案《ずあん》を考《かんが》えているんだけど……何度《なんど》、描《か》き直《なお》しても、うまく描《か》けないんだよね」

「えっ？　いや、そんなこと……」

「何度《なんど》、描《か》いても、生《い》きたキャラクターにならないんだ。ただキミに似《に》た女《おんな》の子《こ》を、既存《きそん》のV《ブイ》チューバーのタッチをマネて描《か》いただけの絵《え》になってしまって……」

「わーダメ！　消《け》さないで！」

絵《え》を消《け》そうとした絵夢《えむ》くんを、わたしはあわてて止《と》める。

「その絵《え》、すっごくステキです！　一色《いっしき》さんがわたしのことを、そんなふうにかわいく描《か》いてくれるなんて……なんていうか、その……」

「『一色《いっしき》さん』じゃなくて、『絵夢《えむ》くん』でしょ？　それと、敬語《けいご》も禁止《きんし》」

「……ごめんなさい。え、絵夢《えむ》くん……」

見《み》ると、絵夢《えむ》くんは遠《とお》くを見《み》るようなまなざしになっている。

「うまく描《か》けないのは、ぼく自身《じしん》が空《から》っぽな人間《にんげん》だから……なのかなぁ……」

（か、空《から》っぽ？）

――どういうことだろう？

「奏《かなで》ちゃん、キミは不器用《ぶきよう》だし、一見《いっけん》、人前《ひとまえ》で表現《ひょうげん》することが苦手《にがて》そうに見《み》えるけど、心《こころ》の中《なか》にいろんなものを詰《つ》め込《こ》んでいるよね。情熱《じょうねつ》とか夢《ゆめ》とか祈《いの》りとか……」

（え、わたしってそうなの？　たしかに不器用《ぶきよう》で人前《ひとまえ》が苦手《にがて》ってところだけは当《あ》たってる気《き》がするけど……）

「……ぼくとは、真逆《まぎゃく》の存在《そんざい》」

「……真逆《まぎゃく》？」

「ぼくは器用《きよう》で、子《こ》どもの頃《ころ》から人《ひと》に合《あ》わせるのが得意《とくい》だった。大人《おとな》の顔色《かおいろ》を読《よ》んで、その場《ば》の空気《くうき》に合《あ》わせて……でも、中身《なかみ》は空《から》っぽで……」

『神絵師《かみえし》・夜《よる》』の作品《さくひん》に度々登場《たびたびとうじょう》する、どこかうつろでさびしげなあやつり人形《にんぎょう》は、絵夢《えむ》くん自身《じしん》なのだという。

（……知《し》らなかった。お茶《ちゃ》の間《ま》の大《だい》スター、天才俳優《てんさいはいゆう》の絵《え》夢《む》くんに、そんな悩《なや》みがあったなんて……）

わたしは、胸《むね》をギュッとつかまれたような気《き》がした。

「ちょっとちょっと！　たいへんたいへん！」

明智先輩《あけちせんぱい》が、あわただしく駆《か》け込《こ》んできたのは、そのときだった。

「合唱部《がっしょうぶ》で、大事件《だいじけん》が起《お》こったの！」

「大事件《だいじけん》⁉」

わたしは立《た》ちあがり、がく然《ぜん》として、明智先輩《あけちせんぱい》を見返《みかえ》す。

明智先輩《あけちせんぱい》のあとに従《したが》い、わたしたちは音楽室《おんがくしつ》にかけつけたんだ。

そこには、彩《あや》がガクガクと震《ふる》えながら、うずくまっていた。

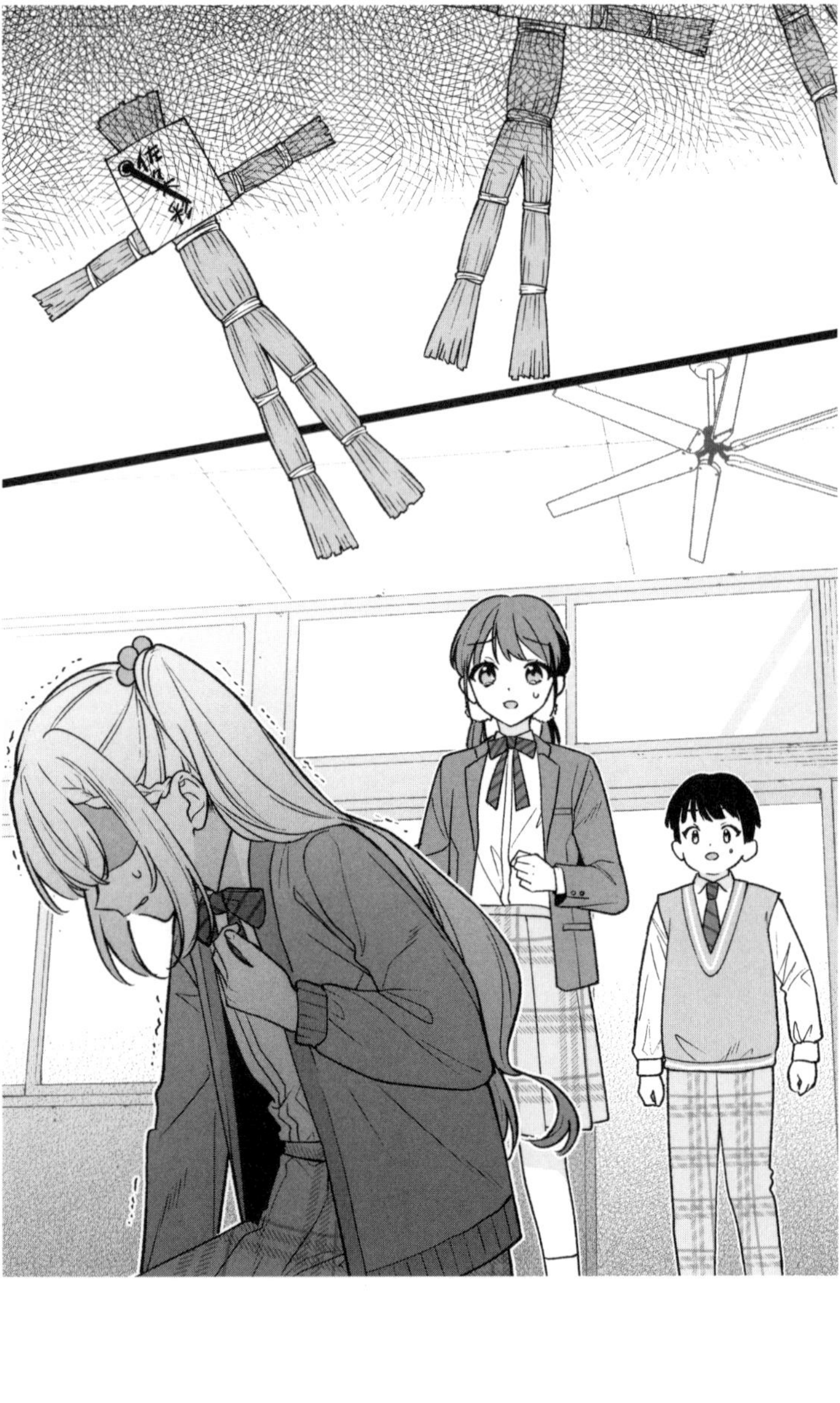

彩《あや》のまわりに散《ち》らばっているのは……。

（えっ、呪《のろ》いの藁人形《わらにんぎょう》⁉）

聞《き》けば、合唱部《がっしょうぶ》の練習中《れんしゅうちゅう》に、突然《とつぜん》、たくさんの藁人形《わらにんぎょう》が天井《てんじょう》から降《ふ》ってきたらしい。

藁人形《わらにんぎょう》には、すべて「佐々木彩《ささきあや》」と名前《なまえ》が書《か》かれ、五寸釘《ごすんくぎ》が打《う》ちつけられている。

「いったい誰《だれ》なの⁉　こんなつまらないイタズラをしたのは⁉」

冬森部長《ふゆもりぶちょう》が、怒《いか》りの声《こえ》をあげた。

部員《ぶいん》たちは、うずくまる彩《あや》を、いたたまれない目《め》で見《み》おろしている。

（彩《あや》……）

わたしは、彩《あや》に駆《か》け寄《よ》って、その肩《かた》に手《て》をやった。

（……ごめん、わたしのせいだよね。わたしが、練習《れんしゅう》に行《い》けなんて言《い》ったから……）

わたしは、動《うご》けなくなった彩《あや》を、どうにか立《た》たせて保健室《ほけんしつ》に連《つ》れて行《い》こうとした。

そこに、カランコロンと下駄《げた》の音《おと》が近《ちか》づいてきた。

現《あらわ》れたのは、マント姿《すがた》の上級生《じょうきゅうせい》――『西園寺砲《さいおんじほう》』こと、西園寺《さいおんじ》タケルさんだった。

音楽室《おんがくしつ》に入《はい》るなり、西園寺《さいおんじ》さんは一眼《いちがん》レフカメラを構《かま》え、うずくまっている彩《あや》に向《む》かって、パシャパシャとシャッターを切《き》り始《はじ》める。

「やめてください‼」

わたしは止《と》めようとしたが、「じゃまだ」と、押《お》し戻《もど》された。

それでもメゲずに、すがりついて止《と》めようとすると、今度《こんど》は西園寺《さいおんじ》さんに腕《うで》をつかまれる。

「おれの仕事《しごと》をじゃまするヤツは、たとえ女子《じょし》でも容赦《ようしゃ》しねえぞ！　腕《うで》の1本《ぽん》や2本《ほん》、折《お》れる覚悟《かくご》はあるんだろうな⁉」

（こ……この人《ひと》、本気《ほんき》だ！）

わたしは、ガタガタと震《ふる》えだす。

――そのときだった。

「やめろ！」

背後《はいご》で、凛《りん》とした声《こえ》が響《ひび》いたんだ。声《こえ》の主《ぬし》は……。

（えっ、音宮先輩《おとみやせんぱい》⁉）

音宮先輩《おとみやせんぱい》は、西園寺《さいおんじ》さんに向《む》かってスマホをかざしていた。

「西園寺《さいおんじ》。おまえの脅迫現場《きょうはくげんば》、バッチリ撮《と》らせてもらったよ。これを警察《けいさつ》に持《も》っていけば、おまえはどうなるかな？　……ま、おまえのことだから、親《おや》に頼《たの》んでもみ消《け》してもらうんだろうけど……いろいろと面倒《めんどう》なことにはなるんじゃない？」

「チッ、ヒーロー気取《きど》りが」

西園寺《さいおんじ》さんは、毒《どく》づくと、つかんでいたわたしの腕《うで》を離《はな》す。

「音宮碧《おとみやあお》、以前《いぜん》からお前《まえ》のことは気《き》に入《い》らなかったんだ。この『西園寺砲《さいおんじほう》』を甘《あま》く見《み》るなよ。いつか後悔《こうかい》させてやるから、おぼえとけ」

西園寺《さいおんじ》さんは、映画《えいが》の悪役《あくやく》みたいな捨《す》てゼリフを残《のこ》し、音楽室《おんがくしつ》を出《で》ていった。

「だいじょうぶか？」

音宮先輩《おとみやせんぱい》は、すぐさま、わたしのそばに駆《か》け寄《よ》って、西園寺《さいおんじ》さんにつかまれていた腕《うで》をまくる。

「少《すこ》し赤《あか》くなってるけど、ケガはしてないな、よかった……」

（えっ……？）

音宮先輩《おとみやせんぱい》が見《み》せた意外《いがい》なやさしさに、わたしは驚《おどろ》く。

ハッとして彼《かれ》の顔《かお》を見《み》たが、そのときにはもう、いつものクールな彼《かれ》に戻《もど》っていた。

「部長《ぶちょう》……ごめんなさい」

そう言《い》いながら、うずくまっていた彩《あや》は、ようやく立《た》ちあがった。

彩《あや》は……よろけながら冬森部長《ふゆもりぶちょう》のほうを向《む》くと、絞《しぼ》り出《だ》すような声《こえ》で言《い》ったんだ。

「わたし……合唱部《がっしょうぶ》をやめさせていただきます」

彩《あや》は、合唱部員《がっしょうぶいん》たちに付《つ》き添《そ》われて保健室《ほけんしつ》に行《い》き、この日《ひ》の練習《れんしゅう》は中止《ちゅうし》になった。

(彩《あや》のためにも、この事件《じけん》、絶対《ぜったい》に解決《かいけつ》しなきゃ！)

わたしは、ミス研《けん》のみんなと音楽室《おんがくしつ》に残《のこ》り、調査《ちょうさ》を開始《かいし》した。

(だけど、天井《てんじょう》から、ひとりでに藁人形《わらにんぎょう》が降《ふ》ってくるなんて……ふつうじゃありえないことだよね)

「……やっぱ、これって呪《のろ》い？」

そうつぶやいたわたしに、明智先輩《あけちせんぱい》は確信《かくしん》の表情《ひょうじょう》で言《い》ったんだ。

「いいえ、これはトリックよ！　謎《なぞ》は、すべて解《と》けたワ！」

(うわあ、さすがはミステリー研究会《けんきゅうかい》！)

わたしは、明智先輩《あけちせんぱい》をたのもしく感《かん》じる。

明智先輩《あけちせんぱい》は、アゴに手《て》をやり、ポーズを決《き》めると、自分《じぶん》の推理《すいり》を得意《とくい》げに披露《ひろう》しはじめた。

「ファフロッキーズって知《し》ってる？　空《そら》から魚《さかな》やカエルなんかが大量《たいりょう》に降《ふ》ってくる現象《げんしょう》のことなんだけど、実《じつ》はコレ、竜巻《たつまき》が原因《げんいん》って言《い》われてるの」

（た、竜巻《たつまき》!?）

「犯人《はんにん》は、あらかじめ、人工竜巻《じんこうたつまき》の発生装置《はっせいそうち》を用意《ようい》しておいたのよ。合唱部《がっしょうぶ》の練習中《れんしゅうちゅう》、その装置《そうち》で、大量《たいりょう》の藁人形《わらにんぎょう》を天井《てんじょう》までふき上《あ》げさせて、その後《ご》、装置《そうち》を止《と》め、藁人形《わらにんぎょう》を雨《あめ》のように降《ふ》らせたってワケ」

わたしは、目《め》が点《てん》になる。

（明智先輩《あけちせんぱい》……冗談《じょうだん》を言《い》っているのかな？　……でも、すごいドヤ顔《がお》になってる。……てことは、いまのは本気《ほんき》の推理《すいり》!?）

見《み》ると、絵夢《えむ》くんも、工藤《くどう》くんも、どうリアクションしていいかわからず、固《かた》まってしまっていた。

そのとき、「われ関《かん》せず」といった態度《たいど》で、音楽室《おんがくしつ》のピアノをたわむれに弾《ひ》いていた音宮《おとみや》先輩《せんぱい》が口《くち》を開《ひら》く。

「おまえバカか？　そんな推理《すいり》、ムリがありすぎだろ。第一《だいいち》、その『人工竜巻発生装置《じんこうたつまきはっせいそうち》』ってヤツは、どこにあるんだ？」

あたりを見回《みまわ》すが、それらしき装置《そうち》は見当《みあ》たらない。

しかし、音宮先輩《おとみやせんぱい》に突《つ》っ込《こ》まれて、明智先輩《あけちせんぱい》はムキになった。

「だったら、ほかにどんな説明《せつめい》ができるっていうのよ？　まさか呪《のろ》いのせいだなんて、みんな思《おも》ってるわけじゃないワよね？」

そのとき、天井《てんじょう》を見《み》あげていた工藤《くどう》くんが、上《うえ》を指《ゆび》さし、ボソリとつぶやく。

「天井《てんじょう》に取《と》りつけられた、あの扇風機《せんぷうき》みたいなもの……シーリングファンっていうんですか？　あれを使《つか》えば……」

その言葉《ことば》に、わたしたちはハッとする。

工藤《くどう》くんがなにを言《い》いたいのか、わかったんだ。


わたしたちは、合唱部員《がっしょうぶいん》に聞《き》き込《こ》みをすることにした。

藁人形《わらにんぎょう》が降《ふ》ってきたとき、シーリングファンがどんな状態《じょうたい》になっていたか、それがわかれば、工藤《くどう》くんの推理《すいり》が裏《うら》づけられるって思《おも》ったから……。

でも、ほとんどの部員《ぶいん》は、落《お》ちてきた藁人形《わらにんぎょう》にばかり気《き》を取《と》られていて、そのとき、シーリングファンがどんな状態《じょうたい》にあったかなんて、おぼえていなかったんだよね。

☆本《ほん》の感想《かんそう》、似顔絵《にがおえ》など、好《す》きなことを書《か》いてね！

ご感想《かんそう》を広告《こうこく》、書籍《しょせき》の PR に使用《しよう》させていただいてもよろしいでしょうか？

1．実名《じつめい》で可《か》　　2．匿名《とくめい》で可《か》　　3．不可《ふか》

郵　便　は　が　き

おそれいりますが切手をお貼り下さい

1	0	4	-	8	0	1	1

朝日新聞出版　生活・文化編集部

ジュニア部門　係

お名前《なまえ》		ペンネーム	※本名《ほんみょう》でも可《か》
ご住所《じゅうしょ》	〒		
Eメール			
学年《がくねん》	年《ねん》	年齢《ねんれい》	才《さい》
		性別《せいべつ》	
好《す》きな本《ほん》			

※ご提供《ていきょう》いただいた情報《じょうほう》は、個人情報《こじんじょうほう》を含《ふく》まない統計的《とうけいてき》な資料《しりょう》の作成等《さくせいなど》に使用《しよう》いたします。その他《た》の利用《りよう》について詳《くわ》しくは、当社《とうしゃ》ホームページ https://publications.asahi.com/company/privacy/ をご覧下《らんくだ》さい。

それでもしんぼう強《づよ》く聞《き》き込《こ》みを続《つづ》けていると、なかにひとりだけ、おぼえていた部員《ぶいん》がいた。

「シーリングファンが回《まわ》り出《だ》したのは、呪《のろ》いの藁人形《わらにんぎょう》が落《お》ちてくる直前《ちょくぜん》だったと思《おも》います。藁人形《わらにんぎょう》がバラバラと降《ふ》ってきて、ビックリして上《うえ》を見《み》たら、それまで止《と》まっていたファンが回《まわ》り出《だ》していたんです」

（……うん、やっぱ、そうだったのか）

わたしたちは、納得《なっとく》する。

つまり呪《のろ》いの藁人形《わらにんぎょう》は、あらかじめ犯人《はんにん》の手《て》によって、シーリングファンのプロペラの上《うえ》に置《お》かれてたってことなんだよね。

それが、ファンが回《まわ》り出《だ》した勢《いきお》いで、落《お》ちてきたんだ。

（うん、謎《なぞ》はすべて解《と》けた！）

そう思《おも》った瞬間《しゅんかん》、わたしは新《あら》たな謎《なぞ》に気《き》づいた。

「でも藁人形《わらにんぎょう》が落《お》ちてきたのは、みんなが合唱曲《がっしょうきょく》を歌《うた》っているときだったんだよね？　どうやって、みんなに気《き》づかれずにファンを回《まわ》したんだろう？」

「このリモコンを使《つか》ったんじゃない？」

絵夢《えむ》くんは、そう言《い》って、手《て》にしたリモコンをわたしに見《み》せる。

それは、シーリングファンや照明《しょうめい》を操作《そうさ》するためのリモコンだった。

通常《つうじょう》は音楽室《おんがくしつ》の黒板《こくばん》の横《よこ》に据《す》えられているものだが、絵夢《えむ》くんがそれを見《み》つけたときは、床《ゆか》に落《お》ちていたという。

「……そっか。リモコンを隠《かく》し持《も》っていれば、歌《うた》っている最中《さいちゅう》でも、みんなに気《き》づかれずにファンを回《まわ》すことができるよね？」

「うん。でも、そうなると……この音楽室《おんがくしつ》にいた合唱部《がっしょうぶ》の誰《だれ》もが、犯人《はんにん》になり得《う》るってことになるな。リモコンは、誰《だれ》でも手《て》にすることができただろうから……」

わたしたちは、犯人《はんにん》の心当《こころあ》たりについても、部員《ぶいん》たちに尋《たず》ねてみた。

しかし、その質問《しつもん》に、みんな、顔《かお》を曇《くも》らせる。

合唱部《がっしょうぶ》に、そんなひどいイヤがらせをする部員《ぶいん》はいないと、口《くち》をそろえるのだった。

行《い》きづまったわたしたちは、いったん、ミステリー研究会《けんきゅうかい》の部室《ぶしつ》に引《ひ》きあげた。

「ひょっとしたら、犯人《はんにん》はひとりじゃなくて、複数《ふくすう》いるのかもしれない。いわゆる、いじめグループ的《てき》な？　部員《ぶいん》たちは犯人《はんにん》が誰《だれ》なのか、うすうす気《き》づいてはいるけど、報復《ほうふく》が怖《こわ》くて口《くち》をつぐんでるんじゃ……」

絵夢《えむ》くんは自分《じぶん》の考《かんが》えを口《くち》にしたが、音宮先輩《おとみやせんぱい》は素《そ》っ気《け》なく言《い》い返《かえ》した。

「犯人《はんにん》はもう、ひとりに絞《しぼ》られてるよ」

「えっ⁉」

わたしたちは驚《おどろ》き、音宮先輩《おとみやせんぱい》を見返《みかえ》す。

音宮先輩《おとみやせんぱい》は、クールな表情《ひょうじょう》を崩《くず》さず、淡々《たんたん》とした口調《くちょう》で語《かた》りだした。

「おれは、おまえらとは別行動《べっこうどう》でこの事件《じけん》を調《しら》べた。きっかけは学校《がっこう》の外《そと》で偶然《ぐうぜん》、佐々木彩《ささきあや》を見《み》かけたことさ。なんだか妙《みょう》にウキウキしたようすが気《き》になったんだ」

（えっ、ウキウキ？　彩《あや》は、呪《のろ》いにおびえていたはずじゃ……？）

「おれは、佐々木彩《ささきあや》のあとをつけ、彼女《かのじょ》がとある芸能事務所《げいのうじむしょ》に入《はい》っていくところを確認《かくにん》した。そして、彼女《かのじょ》が最近《さいきん》、アイドルグループの一員《いちいん》にスカウトされ、その事務所《じむしょ》に所属《しょぞく》していたことを突《つ》きとめたんだ」

（えっ、彩《あや》がアイドルに⁉）

「佐々木彩《ささきあや》が合唱部《がっしょうぶ》をやめたのは、呪《のろ》いのせいなんかじゃなくて、そこに理由《りゆう》があったんじゃないか？」

音宮先輩《おとみやせんぱい》は、そう言《い》って、わたしを見《み》る。

わたしは、最初《さいしょ》、音宮先輩《おとみやせんぱい》がなにを言《い》いたいのか、わからなかった。

頭《あたま》の中《なか》を必死《ひっし》に整理《せいり》する。

事務所《じむしょ》に所属《しょぞく》していたってことは……。

彩《あや》は、これからアイドルとして活動《かつどう》していくつもりだったってことで……。

当然《とうぜん》ながら、忙《いそが》しくなるから、合唱部《がっしょうぶ》はやめるつもりでいた……？

（えっ⁉　……てことは、彩《あや》は、呪《のろ》いが怖《こわ》くて泣《な》く泣《な》く合唱部《がっしょうぶ》をやめたんじゃなくて、もともとやめるつもりでいたってこと⁉）

ここまで考《かんが》えて、わたしはハッとする。

「つまり、音宮先輩《おとみやせんぱい》が言《い》いたいのは……」

「そう。この事件《じけん》は、佐々木彩《ささきあや》の自作自演《じさくじえん》の可能性《かのうせい》が大《おお》いにある。合唱部《がっしょうぶ》をやめる理由《りゆう》を呪《のろ》いのせいにしたくて、自分《じぶん》の名前《なまえ》を書《か》いた藁人形《わらにんぎょう》を、わざと天井《てんじょう》から降《ふ》らせたんだ」

「そんな……彩《あや》がそんなことっ……。わたしは信《しん》じません！」

わたしは、必死《ひっし》に反論《はんろん》したが、心《こころ》の中《なか》は激《はげ》しく動揺《どうよう》していた。

そのとき、工藤《くどう》くんが言《い》ったんだ。

「この藁人形《わらにんぎょう》、五寸釘《ごすんくぎ》が少《すこ》しだけ、左《ひだり》に傾《かたむ》いてますよね」

工藤《くどう》くんの手《て》の中《なか》には、音楽室《おんがくしつ》の床《ゆか》に落《お》ちていた藁人形《わらにんぎょう》のひとつがあった。

「音楽室《おんがくしつ》の藁人形《わらにんぎょう》は、ぜんぶ、そうだったんです。打《う》たれた五寸釘《ごすんくぎ》が、すべてちょっとだけ左《ひだり》に傾《かたむ》いてました。つまり、これは、左手《ひだりて》に金《かな》づちを持《も》って釘《くぎ》を打《う》ったってことで……犯《はん》人《にん》が左利《ひだりき》きである可能性《かのうせい》を示《しめ》しています」

(左利《ひだりき》き!?)

「合唱部《がっしょうぶ》の中《なか》に、左利《ひだりき》きの人《ひと》っていますか?」

工藤《くどう》くんの言葉《ことば》に、わたしはハッとする。

彩《あや》が左手《ひだりて》でお箸《はし》を持《も》ってお弁当《べんとう》を食《た》べていたことを思《おも》い出《だ》したんだ。

だけど、そのことを口《くち》にすることはできなかった。


ひとり悩《なや》みながら、彩《あや》のようすを見《み》に、保健室《ほけんしつ》へとやってきた。

しかし、彩《あや》はすでに帰宅《きたく》していて、保健室《ほけんしつ》にはいなかった。

重《おも》い足取《あしど》りで学校《がっこう》を出《で》ようとしたとき、校門《こうもん》のところで号外《ごうがい》を配《くば》っている西園寺《さいおんじ》さんの姿《すがた》が目《め》に入《はい》った。

「号外《ごうがい》！　号外《ごうがい》！　音楽室《おんがくしつ》の天井《てんじょう》から、呪《のろ》いの藁人形《わらにんぎょう》が降《ふ》ってきた！　退部希望者続出《たいぶきぼうしゃぞくしゅつ》で、50年続《ねんつづ》いた合唱部《がっしょうぶ》は、いまや廃部《はいぶ》の危機《きき》だ！」

西園寺《さいおんじ》さんのまわりには、おおぜいの生徒《せいと》たちが群《むら》がり、競《きそ》い合《あ》うように号外《ごうがい》を手《て》にしている。

（……どうしよう。このままじゃ、合唱部《がっしょうぶ》が……）

そのとき、背後《はいご》で声《こえ》がしたんだ。

「調《しら》べてみたけど、合唱部《がっしょうぶ》の中《なか》で左利《ひだりき》きの部員《ぶいん》は、佐々木彩《ささきあや》しかいなかった」

振《ふ》り返《かえ》ると、音宮先輩《おとみやせんぱい》が立《た》っている。

ショックで言葉《ことば》もないわたしに、音宮先輩《おとみやせんぱい》はたたみかけるように、こう続《つづ》けた。

「ここから先《さき》は、直接《ちょくせつ》、本人《ほんにん》に聞《き》いてみるしかないんじゃない？　……ま、聞《き》くか聞《き》かないかは、おまえ次第《しだい》だけど」

音宮先輩《おとみやせんぱい》は、それだけ言《い》うと、わたしを残《のこ》し、その場《ば》を去《さ》っていった。

（……どうしたらいいんだろう）

わたしは、一晩中《ひとばんじゅう》、悩《なや》みつづけた。

（音宮先輩《おとみやせんぱい》が言《い》ったように、直接《ちょくせつ》、彩《あや》に聞《き》いてみる？）

でも、そんなことをしたら、彩《あや》と友達《ともだち》でいられなくなるかもしれない……。

（やっぱ、このままなにも知《し》らなかったふりをして、彩《あや》とは今《いま》まで通《どお》りに接《せっ》したほうがいいのかな？）

でも、そしたらずっと、彩《あや》にウソをつき続《つづ》けていくことになる。

友達《ともだち》なのに、本音《ほんね》を言《い》わないなんて……。


翌日《よくじつ》、わたしは、決意《けつい》を固《かた》め、学校《がっこう》へと向《む》かう。

わだかまりを抱《かか》えたまま、彩《あや》と友達《ともだち》でいることなんてできない。

だから、思《おも》いきって、彩《あや》に尋《たず》ねてみようと思《おも》ったんだよね。


「……ごめんなさいっ‼」

問《と》いただすと、彩《あや》は目《め》に涙《なみだ》をためながら頭《あたま》を下《さ》げてきた。

やはり、あの藁人形事件《わらにんぎょうじけん》は、彩《あや》の自作自演《じさくじえん》だったんだ。

「前《まえ》にも話《はな》したけど、アイドルになるのがあたしの夢《ゆめ》で……アイドル活動《かつどう》に専念《せんねん》したいから、合唱部《がっしょうぶ》はやめようって思《おも》ってたんだよね」

ところが、不登校《ふとうこう》になったリサちゃんの代《か》わりに、彩《あや》が合唱《がっしょう》コンクールのソロに選《えら》ばれてしまった。

「冬森部長《ふゆもりぶちょう》からも、すごい期待《きたい》をかけられて……。やめるっていうひと言《こと》が、なかなか言《い》い出《だ》せなくなって……。そんなとき、学校《がっこう》の裏《うら》アカに誰《だれ》かが書《か》き込《こ》んだ15年前《ねんまえ》の呪《のろ》いのうわさが流《なが》れたの。緑川《みどりかわ》さんの不登校《ふとうこう》は呪《のろ》いのせいかもって、みんなが言《い》い出《だ》して……」

彩《あや》は、これに乗《の》っかれば、合唱部《がっしょうぶ》を円満《えんまん》にやめられるのではないかと思《おも》ったという。

「誰《だれ》かを傷《きず》つけるつもりなんかなかった。それなのに……こんなことになっちゃうなんて……。どうしよう……。ねえ、奏《かなで》、あたし、どうすればいい？」

彩《あや》は、涙《なみだ》で顔《かお》をグショグショにしながら、わたしに問《と》いかけてきた。

わたしは、少《すこ》し考《かんが》えて口《くち》を開《ひら》く。

「彩《あや》に悪気《わるぎ》がなかったことはわかる。こんな結果《けっか》になっちゃって……彩《あや》も苦《くる》しかったんだよね」

わたしの言葉《ことば》に、彩《あや》はコクリとうなずいた。

「でも、合唱部《がっしょうぶ》のみんなには、ちゃんと事実《じじつ》を話《はな》して、あやまったほうがいいよ。そのほ

うが、みんなだって納得《なっとく》するし、なにより彩自身《あやじしん》が、この先《さき》、うしろめたい気持《きも》ちを抱《かか》えていかなくて済《す》むでしょう？」

「……うん、そうだね。あたしもそう思《おも》う……」

彩《あや》は、涙《なみだ》をぬぐい、ようやく笑顔《えがお》を見《み》せてくれた。

「ありがとう。背中《せなか》を押《お》してくれて……」

彩《あや》は、合唱部《がっしょうぶ》のみんなにすべてを打《う》ち明《あ》け、涙《なみだ》ながらにあやまったんだ。

当然《とうぜん》だけど、部員《ぶいん》たちは彩《あや》に対《たい》して、非難《ひなん》ごうごうだった。

でも、冬森部長《ふゆもりぶちょう》だけは違《ちが》ったんだって。

「わたしは、正直《しょうじき》に打《う》ち明《あ》けてくれたあなたを評価《ひょうか》します。これからは、アイドルとしてがんばっていきなさい」

そう言《い》って、彩《あや》を励《はげ》ましてくれたらしい。

日頃《ひごろ》は怖《こわ》い冬森部長《ふゆもりぶちょう》から、思《おも》いがけずやさしい言葉《ことば》をかけられて、彩《あや》は泣《な》き崩《くず》れた。

そんな彩《あや》の姿《すがた》を見《み》て、ほかの部員《ぶいん》たちも許《ゆる》す気《き》になって……。

最後《さいご》には、みんな、彩《あや》を応援《おうえん》するって言《い》ってくれたらしいよ。

（……よかったね、彩《あや》）

かくして、合唱部《がっしょうぶ》で起《お》きた事件《じけん》は、一件落着《いっけんらくちゃく》した。

でも、リサちゃんは、相変《あいか》わらず不登校《ふとうこう》のままだったんだ。

みんなは、精神的《せいしんてき》なものが原因《げんいん》だって、決《き》めつけてるけど……。

（本当《ほんとう》にそうなのかな？）

オーディションのとき、わたしを励《はげ》ましてくれた、リサちゃんのあの笑顔《えがお》……。

あんな緊張《きんちょう》の場面《ばめん》で、人《ひと》を励《はげ》ます余裕《よゆう》があるなんて……。

リサちゃんって、すごく強《つよ》い子《こ》なんだって、わたし、あのとき、思《おも》ったんだ。

そのリサちゃんが、プレッシャーに負《ま》けて不登校《ふとうこう》になるなんて……。

なんだか信《しん》じられなかったんだ。


釈然《しゃくぜん》としない思《おも》いを抱《かか》えたまま、放課後《ほうかご》、ミステリー研究会《けんきゅうかい》の部室《ぶしつ》に足《あし》を向《む》ける。

部屋《へや》の中《なか》は、色《いろ》とりどりの飾《かざ》りつけがされ、パーティーの用意《ようい》がされていた。

「事件解決《じけんかいけつ》の祝賀会《しゅくがかい》よ！　冬森部長《ふゆもりぶちょう》が解決《かいけつ》のお礼《れい》にって、高級《こうきゅう》なお菓子《かし》、たーくさん差《さ》し入《い》れてくれたの！」

明智先輩《あけちせんぱい》は、クラッカーを鳴《な》らし、大《おお》はしゃぎだった。

「これでミステリー研究会《けんきゅうかい》の地位《ちい》は不動《ふどう》のものになったワ！　ワタシの探偵《たんてい》としての名声《めいせい》も、ますます、あがっちゃうワね！」

ほとんど音宮先輩《おとみやせんぱい》が事件《じけん》を解決《かいけつ》したようなものなのに、明智先輩《あけちせんぱい》は自分《じぶん》の手柄《てがら》みたいに言《い》って、自慢《じまん》げに胸《むね》をそり返《かえ》らせている。

一方《いっぽう》、音宮先輩《おとみやせんぱい》はというと……。

そんな明智先輩《あけちせんぱい》にツッコミを入《い》れるのも忘《わす》れ、楽譜《がくふ》を見《み》るのに夢中《むちゅう》になっていた。

手《て》にしているのは、合唱部《がっしょうぶ》が今度《こんど》のコンクールで歌《うた》う曲《きょく》の楽譜《がくふ》だった。

「この曲《きょく》、合唱部《がっしょうぶ》顧問《こもん》の矢神先生《やがみせんせい》が書《か》いたっていうんで、ちょっと興味《きょうみ》がわいてね。矢神《やがみ》文也《ふみや》っていう作曲家《さっきょくか》は、いままで知《し》らなかったから……」

「へえ。……で、どうなの、その曲《きょく》？　音宮《おとみや》くん的《てき》には？」

絵夢《えむ》くんに問《と》われ、音宮先輩《おとみやせんぱい》は、微妙《びみょう》に表情《ひょうじょう》をゆがませる。

「ああ、いい曲《きょく》だとは思《おも》うよ。けど、曲《きょく》の一部《いちぶ》に、違和感《いわかん》があるんだ。リズム的《てき》なバランスがおかしくて……どうしてこの部分《ぶぶん》だけこうなっているのか、おれには理解《りかい》できない」

音宮先輩《おとみやせんぱい》は、マユを寄《よ》せながら、さらに言《い》った。

「違和感《いわかん》って言《い》えば……あのピアノの音《おと》も妙《みょう》だったな」

「……ピアノ？」

わたしは問《と》い返《かえ》す。

「音楽室《おんがくしつ》にあるピアノだよ。音程《おんてい》がちょっとズレてる音《おと》があって、妙《みょう》に気持《きも》ち悪《わる》かったんだ」

音宮先輩《おとみやせんぱい》は、そう言《い》ったあと、「ま、どうでもいいことだけど」とつぶやき、明智先輩《あけちせんぱい》がいれてくれた紅茶《こうちゃ》を飲《の》みだす。

このとき、音宮先輩《おとみやせんぱい》が感《かん》じた小《ち》さな違和感《いわかん》――その裏《うら》に、大《おお》きな事件《じけん》が隠《かく》されていたことを、わたしたちはまだ知《し》らなかったんだ。

第《だい》3章《しょう》

V《ブイ》チューバー始《し》動《どう》!

「そこに謎《なぞ》はあるの？」

音宮先輩《おとみやせんぱい》の『違和感《いわかん》』に、明智先輩《あけちせんぱい》が食《く》らいついた。

「たいしたことじゃない。それより、V《ブイ》チューバーだ」

音宮先輩《おとみやせんぱい》が、話題《わだい》をV《ブイ》チューバーに変《か》えようとしても、明智先輩《あけちせんぱい》が引《ひ》く気配《けはい》はない。

「違和感《いわかん》だけでも教《おし》えて！　謎《なぞ》があるのに見過《みす》ごすなんてできないワ！」

「ったく、しょうがないな……」

音宮先輩《おとみやせんぱい》も、明智先輩《あけちせんぱい》の気持《きも》ちはわかるようで、渋々《しぶしぶ》といったようすで口《くち》を開《ひら》いた。

「この楽譜《がくふ》を読《よ》んだ限《かぎ》り、矢神《やがみ》に作曲《さっきょく》の才能《さいのう》はある。それもプロ並《な》みだ。だが、メロディの一部《いちぶ》は、素人《しろうと》が作《つく》ったように崩《くず》れている」

音宮先輩《おとみやせんぱい》は、矢神先生《やがみせんせい》の作《つく》った楽譜《がくふ》を指《ゆび》さす。

「ここだ。このサビに入《はい》る直前《ちょくぜん》の8小節《しょうせつ》。短音《たんおん》の16分音符《ぶおんぷ》と長音《ちょうおん》の4分音符《ぶおんぷ》のみで構成《こうせい》されているが、リズムが不規則《ふきそく》でメロディラインがめちゃくちゃだ」

「わざと挑戦的《ちょうせんてき》なメロディを入《い》れ込《こ》んだってことはないかしら？」

「魅力《みりょく》が感《かん》じられないメロディだ。ほかのメロディを活《い》かすわけでもない。別《べつ》の意図《いと》があったとしか考《かんが》えられない」

「別《べつ》の意図《いと》って、まさか！　……暗号《あんごう》!?」

前《まえ》のめりになる明智先輩《あけちせんぱい》をよそに、音宮先輩《おとみやせんぱい》はめんどくさいとばかりに首《くび》を横《よこ》に振《ふ》った。

「なんでもかんでも謎《なぞ》に結《むす》びつけるな」

明智先輩《あけちせんぱい》はミステリーのことになると、新《あたら》しいおもちゃを見《み》つけた子《こ》どものように目《め》を輝《かがや》かせる。

音宮先輩《おとみやせんぱい》は、そんな明智先輩《あけちせんぱい》がちょっと気《き》に入《い》らないみたい。

「長音《ちょうおん》と短音《たんおん》って、モールス信号《しんごう》みたいなものですか？」

黙《だま》って聞《き》いていた工藤《くどう》くんが声《こえ》をあげた。

「モールス信号《しんごう》？」

わたしは、はじめて聞《き》いた言葉《ことば》に思《おも》わず聞《き》き返《かえ》した。

「モールス信号《しんごう》っていうのは、通信《つうしん》に使《つか》われる電気信号《でんきしんごう》です。ツーという長符《ちょうふ》とトンという短符《たんふ》を組《く》み合《あ》わせて言葉《ことば》や文章《ぶんしょう》を作《つく》るんですよ。無線《むせん》もかじってるから、モールス信号《しんごう》にも興味《きょうみ》があるんです」

工藤《くどう》くんはそう言《い》って、違和感《いわかん》のある箇所《かしょ》を抜《ぬ》き出《だ》した楽譜《がくふ》を、ホワイトボードに書《か》きだした。

4分音符《ぶおんぷ》　ツー　　16分音符《ぶおんぷ》　トン

♩ → ｜　　𝅘𝅥𝅯 → ・

モールス信号《しんごう》（符号《ふごう》）

濁《だく》点《てん》（゛）・・	わ －・－	ら ・・・	や ・－－	ま －・・－	は －・・・	な ・－・	た －・	さ －・－・－	か ・－・・	あ －－・－－
半《はん》濁《だく》点《てん》（゜）・・－－・		り －－・		み ・・－・－	ひ －－・・－	に －・－・	ち ・・－・	し －－・－・	き －・－・・	い ・－
長音《ちょうおん》（ー）・－－・－	を ・－－－	る －・－－・	ゆ －・・－－	む －	ふ －－・・	ぬ ・・・・	つ ・－－・	す －－－・－	く ・・・－	う ・・－
		れ －－－		め －・・・－	へ ・	ね －－・－	て ・－・－－	せ ・－－－・	け －・－－	え －・－－－
	ん ・－・－・	ろ ・－・－	よ －－	も －・・－・	ほ －・・	の ・・－－	と ・・－・・	そ －－－・	こ －－－－	お ・－・・・

「えーっと、長音《ちょうおん》をダッシュ、短音《たんおん》をドットに変換《へんかん》すると……」

工藤《くどう》くんは「トン・トン・ツー・トン・ツー……」とおまじないのようにつぶやきながら、音符《おんぷ》の下《した》にダッシュとドットを書《か》いた。

《・・━・━　・・━・・　・・　━━・　・━・・　━・━　━━・　━・━・━》

「これがモールス信号《しんごう》？」

ただの伸《の》ばし棒《ぼう》と黒丸《くろまる》だ。

わたしには、さっぱり意味《いみ》がわからなかった。

（これがほんとうに文章《ぶんしょう》になるのかな？）

工藤《くどう》くんは、伸《の》ばし棒《ぼう》と黒丸《くろまる》の下《した》に『み・ど・り・か・わ……』と、文字《もじ》を書《か》き込《こ》む。

「みどりかわりさ……？」

工藤《くどう》くんは、ホワイトボードをまじまじと見《み》て、驚《おどろ》いたように言《い》った。

（リサちゃん⁉）

音宮先輩《おとみやせんぱい》が声《こえ》をあげる。

「みどりかわりさって、あの合唱部《がっしょうぶ》の緑川《みどりかわ》リサか？」

「間違《まちが》いありません。このモールス信号《しんごう》をひもとくと緑川《みどりかわ》リサと読《よ》めます。音宮先輩《おとみやせんぱい》の言《い》う通《とお》り、誰《だれ》かがなんらかの意図《いと》をもって埋《う》め込《こ》んだに違《ちが》いありませんね」

「謎《なぞ》だワ！」

待《ま》ってました！とばかりに明智先輩《あけちせんぱい》が叫《さけ》んだ。

音宮先輩《おとみやせんぱい》は黙《だま》ってホワイトボードを見《み》つめている。

これまで冷静《れいせい》にやりとりを見《み》ていた絵夢《えむ》くんが口《くち》を開《ひら》いた。

「これって矢神先生《やがみせんせい》が作詞《さくし》・作曲《さっきょく》したんだよね。そこに生徒《せいと》の名前《なまえ》を入《い》れるって、どういうこと？」

絵夢《えむ》くんの疑問《ぎもん》に、明智先輩《あけちせんぱい》は自信満々《じしんまんまん》に答《こた》えた。

「矢神先生《やがみせんせい》は密《ひそ》かに緑川《みどりかわ》リサさんに恋《こい》をしていたんだワ！　教師《きょうし》と生徒《せいと》、叶《かな》わぬ恋《こい》だとはわかっていながら、なんとか想《おも》いを伝《つた》えたくて、愛《いと》しい人《ひと》の名《な》を楽譜《がくふ》に埋《う》め込《こ》み、旋律《せんりつ》に乗《の》せた。決《けっ》して届《とど》かぬ想《おも》いとわかりながら……」

わたしはぞわぞわと寒気《さむけ》が走《はし》るのを感《かん》じた。

(先生《せんせい》が生徒《せいと》に恋《こい》!?　考《かんが》えたくもないよ!)

ほかのみんなも同《おな》じ気持《きも》ちだったようで、部室内《ぶしつない》を薄《うす》ら寒《さむ》い空気《くうき》が包《つつ》み込《こ》んだ。

「変《へん》な想像《そうぞう》するな!」

音宮先輩《おとみやせんぱい》が、明智先輩《あけちせんぱい》にぴしゃりと言《い》った。

「そうかしら?　悪《わる》くない推理《すいり》だと思《おも》うけど」

ただの想像《そうぞう》に思《おも》えるけれど、明智先輩《あけちせんぱい》にとっては渾身《こんしん》の推理《すいり》だったみたいで、音宮先輩《おとみやせんぱい》に否定《ひてい》されたのが納得《なっとく》いかないようだ。

「いろんな方向《ほうこう》から、モールス信号《しんごう》が埋《う》め込《こ》まれた理由《りゆう》を探《さぐ》ってみたほうが良《よ》さそうだね。ってことで、奏《かなで》ちゃんはリサちゃんと連絡《れんらく》とれる?　直接聞《ちょくせつき》くのがいちばんだと思《おも》うんだけど」

絵夢《えむ》くんが『リサちゃん』と呼《よ》んだことにドキッとした。

(絵夢《えむ》くんってみんなちゃんづけなんだ。自分《じぶん》だけが特別《とくべつ》じゃなかったんだ)

なんとなくおもしろくない気《き》がしたけど、そんな気《き》にすることじゃないよね……。

「うん、リサちゃんのアカウントはわかるよ」

わたしはスマホを取《と》り出《だ》して、チャットアプリを開《ひら》いた。

(せっかく友達《ともだち》になれたんだ。困《こま》っているなら助《たす》けてあげたい……)


『リサちゃん、久《ひさ》しぶり。

最近《さいきん》、学校休《がっこうやす》んでるって聞《き》いたよ。

心配《しんぱい》だから連絡《れんらく》してみたんだ。

体調《たいちょう》、悪《わる》いのかな?

また、元気《げんき》になったら、いっしょにおしゃべりしたいな。

いつでもいいから、返事待《へんじま》ってるね』

わたしはすばやくメッセージを打《う》ち込《こ》んだ。

返事《へんじ》が来《く》るか心配《しんぱい》だったけれど、思《おも》い切《き》って送信《そうしん》した。

「とりあえず、返事《へんじ》を待《ま》とう。で、V《ブイ》チューバーの話《はなし》だけど……」

音宮先輩《おとみやせんぱい》が話《はなし》をV《ブイ》チューバーに持《も》っていこうとしたとき……。

「ちょっと待《ま》って!」

明智先輩《あけちせんぱい》が、大《おお》きな声《こえ》でさえぎった。

「今度《こんど》はなんだ？」

音宮先輩《おとみやせんぱい》が明《あき》らかにいやそうな声《こえ》を出《だ》した。

「もうひとつの違和感《いわかん》について話《はな》してないじゃない！　言《い》ってたでしょ？　音楽室《おんがくしつ》にあるピアノの音程《おんてい》がズレていて気持《きも》ち悪《わる》いって」

「ああ、あれか？　あんなのはささいなことだ。単純《たんじゅん》に調律《ちょうりつ》(*)してないだけだろ。ほんのわずかなズレだし、音感《おんかん》が鋭《するど》い人間《にんげん》じゃないと気《き》づかないレベルだよ」

「でも、さっき言《い》ったじゃない！　矢神先生《やがみせんせい》はプロ並《な》みだって。なのに、音《おと》がズレても調《ちょう》律《りつ》を頼《たの》まないなんて変《へん》よ！」

「調律師《ちょうりつし》が忙《いそが》しくて来《こ》られないとか、理由《りゆう》はいくらでも考《かんが》えられる」

「あーちゃんは、いつから違和感《いわかん》に気《き》づいてたの？」

「1か月《げつ》ぐらい前《まえ》からかな？」

「調律師《ちょうりつし》が、1か月《げつ》も忙《いそが》しいなんてある？」

「おれは調律師《ちょうりつし》が忙《いそが》しいなんて言《い》ってない。ほかの理由《りゆう》はいくらでも考《かんが》えられると言《い》って

＊「調律《ちょうりつ》」…ピアノの鍵盤《けんばん》と連動《れんどう》したハンマーがたたく弦《げん》の張《は》りを調節《ちょうせつ》するなどして、ピアノが正《ただ》しく音《おと》を奏《かな》でるように調整《ちょうせい》すること。調律《ちょうりつ》する技術者《ぎじゅつしゃ》のことを、「調律師《ちょうりつし》」と呼《よ》ぶ。

いるんだ」

音宮先輩《おとみやせんぱい》は謎《なぞ》についての話《はなし》を終《お》わらせようとしているが、明智先輩《あけちせんぱい》は一向《いっこう》に謎《なぞ》から離《はな》れない。

（こんな状態《じょうたい》で、V《ブイ》チューバー・プロジェクトうまくいくのかな……？）

と、心配《しんぱい》になったとき……。

スマホがブルブルと震《ふる》えた。

「リサちゃんだ！」

スマホの画面《がめん》を見《み》て、わたしは思《おも》わず大《おお》きな声《こえ》をあげた。

今《いま》にもケンカを始《はじ》めそうな勢《いきお》いだった音宮先輩《おとみやせんぱい》と明智先輩《あけちせんぱい》の視線《しせん》が、一気《いっき》にわたしに注《そそ》がれた。

「なんて書《か》いてあるの⁉」

明智先輩《あけちせんぱい》が食《く》い気味《ぎみ》でわたしの元《もと》にやってきた。

わたしはあわててメッセージを開《ひら》いた。

『奏《かなで》ちゃんへ

メッセ、感謝《かんしゃ》だよ。

全然《ぜんぜん》、調子《ちょうし》が出《で》なくて、ずっと沼《ぬま》にはまったように腰《こし》が重《おも》くて立《た》てなかったり、眠《ねむ》っても変《へん》な夢《ゆめ》を見《み》たり……って、感《かん》じで。

わたしは近頃《ちかごろ》、本《ほん》を読《よ》んだり、ネットで絵《え》を見《み》たりして過《す》ごしてます。

でも、奏《かなで》ちゃんがメッセくれて、すぐにでも学校《がっこう》へ戻《もど》れそうな気《き》がしてきた。

ウサギ好《ず》きのリサより』

（なにかが不自然《ふしぜん》だ……）

わたしが文面《ぶんめん》を読《よ》み上《あ》げると、みんなもいっせいに不思議《ふしぎ》そうな顔《かお》をした。

「リサちゃんって、いつも、自分《じぶん》のことウチって書《か》くのに……」

わたしがつぶやくと、工藤《くどう》くんもうなずく。

「沼《ぬま》にはまったように腰《こし》が重《おも》いなんて、あんまり聞《き》かない表現《ひょうげん》ですよね」

（たしかに、おかしいよ……）

「暗号《あんごう》よ！」

明智先輩《あけちせんぱい》が声高《こわだか》に叫《さけ》んだ。

「また、モールス信号《しんごう》……？」

わたしの問《と》いに工藤《くどう》くんが答《こた》える。

「モールス信号《しんごう》のように規則性《きそくせい》があるようには思《おも》えないですが……」

机《つくえ》の上《うえ》に置《お》いたわたしのスマホを、みんなが首《くび》をかしげながら見《み》ている。

「沼《ぬま》ってのは、沼《ぬま》の近《ちか》くに監禁《かんきん》されているってことじゃない⁉」

明智先輩《あけちせんぱい》はどこからともなく、歌川中学《うたがわちゅうがく》がある歌川町《うたがわちょう》の地図《ちず》とルーペを取《と》り出《だ》した。

「どっから、そんな大《おお》きな地図《ちず》持《も》ってきた⁉」

驚《おどろ》く音宮先輩《おとみやせんぱい》を無視《むし》して、明智先輩《あけちせんぱい》は「ああでもない、こうでもない」と地図《ちず》の端《はし》から端《はし》をルーペでながめている。

「近《ちか》くに沼《ぬま》はないわね……。水《みず》に関係《かんけい》する地名《ちめい》を当《あ》たったほうがいいかしら……」

「歌川町《うたがわちょう》は、丘陵地帯《きゅうりょうちたい》だから水《みず》は豊富《ほうふ》じゃない」

音宮先輩《おとみやせんぱい》はあきれたように言《い》う。

明智先輩《あけちせんぱい》は音宮先輩《おとみやせんぱい》の言葉《ことば》に耳《みみ》を貸《か》さず、目《め》を見開《みひら》いて地図《ちず》とにらめっこをしていた。

と、そのとき再《ふたた》びスマホが震《ふる》えた。

わたしはスマホを開《ひら》いて、メッセージを読《よ》み上《あ》げた。

「リサちゃんからメッセージが……。『P《ピー》.S《エス》.みしようのもじをよんで』って……」

「P《ピー》.S《エス》.ということは、先《さき》ほど送《おく》られてきたメッセージへの追伸《ついしん》ということですよね。先《さき》ほどのメッセージとあわせて未使用《みしよう》の文字《もじ》を読《よ》めということでしょうか」

工藤《くどう》くんは身《み》を乗《の》り出《だ》して、わたしのスマホをのぞく。

工藤《くどう》くんもリサちゃんから届《とど》いたメッセージに、興味津々《きょうみしんしん》みたい。

(でも、未使用《みしよう》の文字《もじ》ってなんだろう。ひらがな、カタカナ、漢字《かんじ》まで考《かんが》えたら、使《つか》ってない文字《もじ》なんてたくさんあるけど……)

(う〜ん……)

わたしが悩《なや》んでいると、工藤《くどう》くんが口《くち》を開《ひら》いた。

「緑川《みどりかわ》さんから送《おく》られてきたメッセージを、転送《てんそう》してくれませんか?」

わたしは言《い》われた通《とお》り、リサちゃんから送《おく》られたメッセージを工藤《くどう》くんに転送《てんそう》した。

「まずは、メッセージをP《ピー》.S《エス》.部分《ぶぶん》も含《ふく》めて全部《ぜんぶ》ひらがなに変換《へんかん》します」

パソコンでメッセージを受《う》け取《と》った工藤《くどう》くんが、マウスをカチカチと鳴《な》らした。

ディスプレイ上《じょう》の文字《もじ》が全部《ぜんぶ》、ひらがなに変換《へんかん》された。

『かなでちゃんへ
めっせ、かんしゃだよ。
ぜんぜん、ちょうしがでなくて、ずっとぬまにはまったようにこしがおもくてたてなかったり、ねむってもへんなゆめをみたり……って、かんじで。
わたしはちかごろ、ほんをよんだり、ねっとでえをみたりしてすごしてます。
でも、かなでちゃんがめっせくれて、すぐにでもがっこうへもどれそうなきがしてきた。
うさぎずきのりさより
P《ピー》.S《エス》.みしようのもじをよんで』

「で、次《つぎ》はこうして……っと」

工藤《くどう》くんは、リサちゃんから送《おく》られたメッセージを画面上《がめんじょう》の表《ひょう》に貼《は》り付《つ》け、キーボードをカチャカチャとたたくと、いくつかの文字《もじ》が浮《う》かび上《あ》がった。

『**あいけひふらる**』

「なるほど」

工藤《くどう》くんは納得《なっとく》したように文字《もじ》を見《み》つめているけど、わたしは工藤《くどう》くんがなにを理解《りかい》したのかよくわからなかった。

「『あいけひふらる』ってどういう意味《いみ》かしら？」

明智先輩《あけちせんぱい》が首《くび》をひねる。

「P《ピー》.S《エス》.部分《ぶぶん》だけがひらがなで書《か》かれていることをふまえると、ひらがなの未《み》使用《しよう》の文字《もじ》を読《よ》んでほしいんだと推測《すいそく》します。それで、いったん、全部《ぜんぶ》をひらがなに直《なお》してみたんですよ。この『あいけひふらる』っていうのは、この文章《ぶんしょう》に使《つか》われていないひらがなです。で、文字《もじ》を、並《なら》び変《か》えると……」

（えーっと……）

「『ふぁいるひらけ』じゃないかな。ほら、あを小文字《こもじ》にすると……」

ディスプレイを見《み》つめていた絵夢《えむ》くんが言《い》った。

（『ファイル開《ひら》け』ってこと？）

「月島《つきしま》さん。このメッセージといっしょに、ファイルが送《おく》られていませんか？」

工藤《くどう》くんに言《い》われて、もう一度《いちど》、チャットアプリを開《ひら》く。

メッセージから、少《すこ》し遅《おく》れてテキストファイルが送《おく》られてきていた。

「あっ、あれ……？」

わたしはすぐにファイルを開《ひら》こうとしたけれど、スマホだとうまく開《ひら》けない。

「そのファイルも転送《てんそう》してくれませんか？」

わたしは言《い》われるがまま、工藤《くどう》くんにファイルを送《おく》る。

工藤《くどう》くんは、すぐにカチカチとマウスを動《うご》かして、難《むずか》しい顔《かお》をした。

「これ、文字化《もじば》けしてますね」

「文字化《もじば》け……？」

聞《き》き慣《な》れない言葉《ことば》。

「文字化《もじば》けっていうのは、送《おく》ったデータに支障《ししょう》があって、データを読《よ》み込《こ》めないときに起《お》こる現象《げんしょう》です。カタカナ、記号《きごう》、アルファベットがごちゃごちゃ混《ま》ざりあった文章《ぶんしょう》になっちゃうんですよ」

ディスプレイをのぞくと、めちゃくちゃの配列《はいれつ》の文字《もじ》が並《なら》んでいた。

「これも暗号《あんごう》みたいだね」

わたしの言葉《ことば》に工藤《くどう》くんはくすっと笑《わら》って答《こた》えた。

「たしかにそうですね。でも、これが暗号《あんごう》だとさすがに長《なが》すぎます」

そう言《い》って工藤《くどう》くんは、画面《がめん》をスクロールして文字化《もじば》けファイルを下《した》まで見《み》せてくれた。

奇妙《きみょう》な文字《もじ》が、どこまで続《つづ》くんだろうという長《なが》さで並《なら》んでいる。

「もう一度《いちど》、リサちゃんにファイルを送《おく》ってもらったほうがいいかな？」

と、わたしが言《い》うと、工藤《くどう》くんは「ちょっと待《ま》ってください」と、カチャカチャとキーボードをたたきはじめる。

「これはどうだろう……。違《ちが》うな……。じゃあ、これは……これも違《ちが》いますね。じゃあ、これで……開《ひら》いた！」

（どうやって開《ひら》いたんだろう？）

不思議《ふしぎ》に思《おも》っていると、工藤《くどう》くんが続《つづ》けた。

「以前《いぜん》、拡張子《かくちょうし》を変《か》えたら文字化《もじば》けしたのを思《おも》い出《だ》したんです。だったら、また拡張子《かくちょうし》を変《か》えれば文字化《もじば》けが直《なお》るかなって」

「拡張子《かくちょうし》？」

わたしが尋《たず》ねると、工藤《くどう》くんは丁寧《ていねい》に説明《せつめい》してくれた。

「拡張子《かくちょうし》っていうのは、ファイルの種類《しゅるい》を識別《しきべつ》するための文字列《もじれつ》のことです。ファイル名《めい》の後《うし》ろについている『.』以降《いこう》のアルファベットですね。今回《こんかい》、緑川《みどりかわ》さんから送《おく》られてきたファイルは『.』の後《うし》ろに『txt』と書《か》いてあるので、テキストファイルです。この『.txt』という拡張子《かくちょうし》のままだと、ファイルは文字化《もじば》けしてうまく開《ひら》けませんでした。でも、拡張子《かくちょうし》を『.mp3』に変更《へんこう》したら開《ひら》けたんですよ。『.mp3』は、音声《おんせい》ファイルの拡張子《かくちょうし》です」

そう言《い》うと、工藤《くどう》くんは、パソコンの音声《おんせい》ボリュームを上《あ》げた。

みんなが息《いき》をのんで、再生《さいせい》されるのを待《ま》っていると……。

ザーッ、ザザッ、ザザーッ、というノイズのような音《おと》が数分流《すうふんなが》れて止《と》まった。

「えっ、これだけ？　ノイズしか聞《き》こえないね。もしかして、このファイルも壊《こわ》れてる？」

絵夢《えむ》くんが疑《うたが》うように言《い》うと、工藤《くどう》くんが困《こま》ったように答《こた》えた。

「その可能性《かのうせい》も否定《ひてい》できませんが……」

拡張子《かくちょうし》とは？

ファイルの種類《しゅるい》をコンピューターが認識《にんしき》するための文字列《もじれつ》

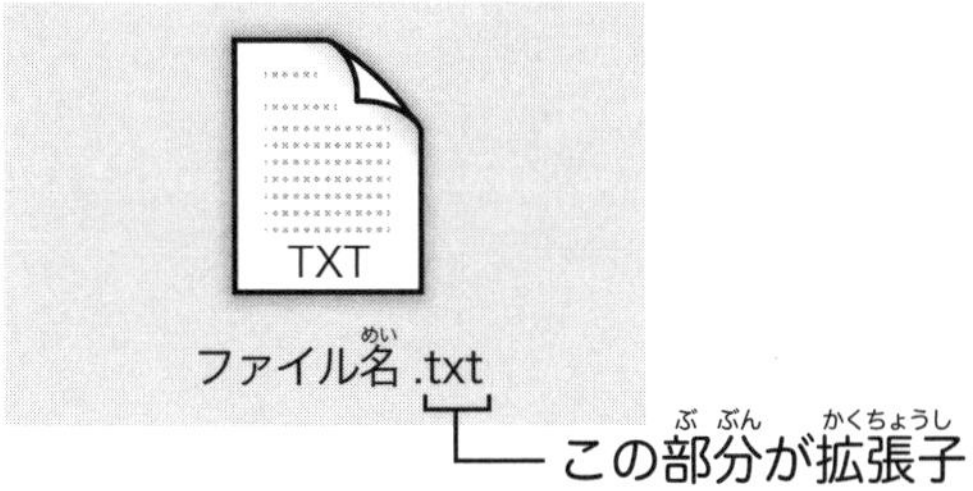

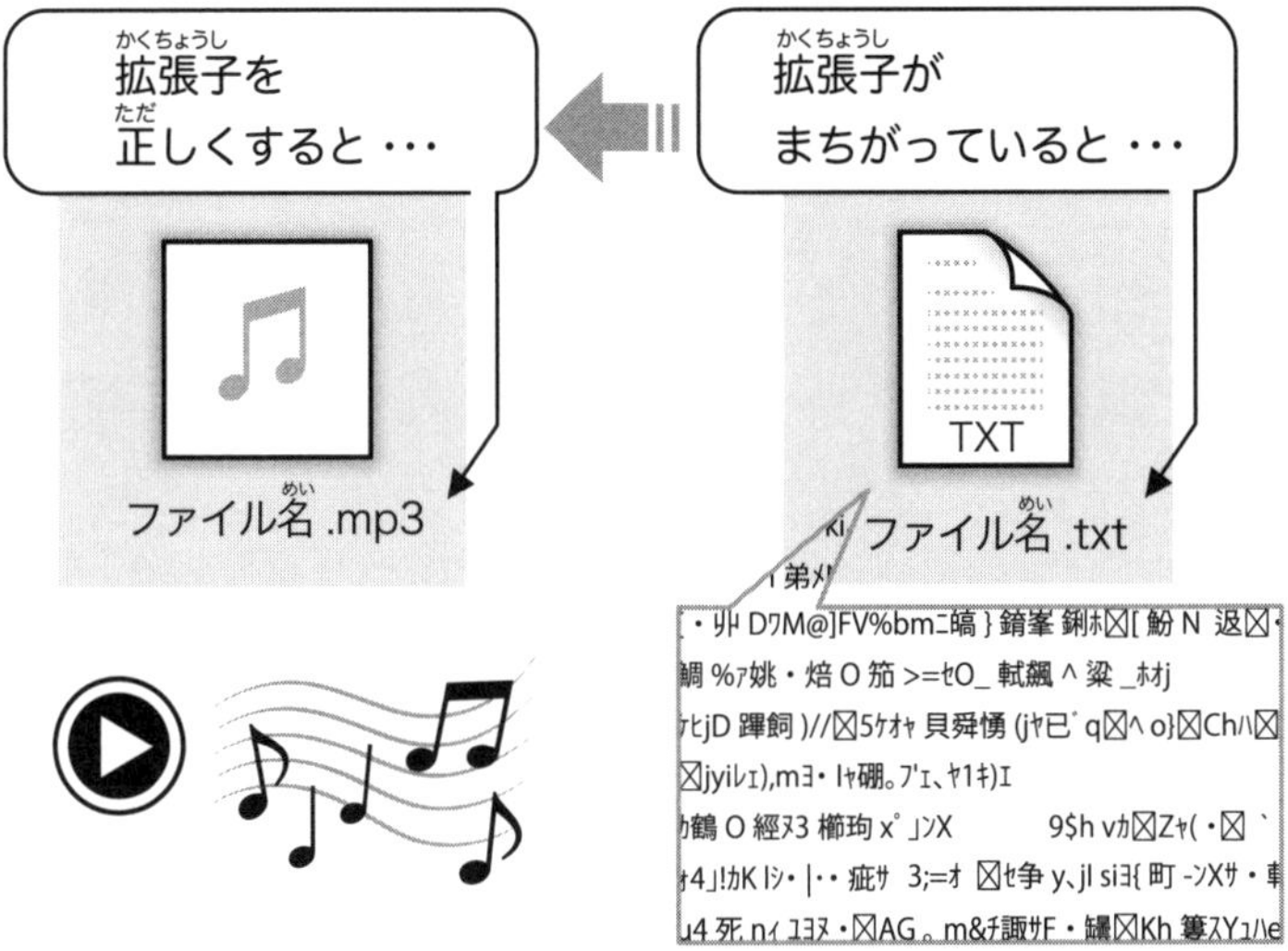

ファイルの種類《しゅるい》が正《ただ》しく認識《にんしき》され、音《おと》が再生《さいせい》される

ファイルの種類《しゅるい》がまちがって認識《にんしき》され、文字化《もじば》けしてしまう

リサちゃんが、なんのために暗号《あんごう》を使《つか》ってメールを送《おく》ってきたのか、なんのために拡張《かくちょう》子《し》を変《か》えて雑音《ざつおん》の入《はい》った音声《おんせい》ファイルを送《おく》ってきたのか。

謎《なぞ》は深《ふか》まるけど、考《かんが》えてもすぐに答《こた》えは出《で》なかった。

「もう謎《なぞ》はいい！　今日《きょう》はお開《ひら》きだ」

音宮先輩《おとみやせんぱい》の号令《ごうれい》で、今日《きょう》のところは解散《かいさん》することになった。


翌日《よくじつ》の放課後《ほうかご》、1年生《ねんせい》の教室《きょうしつ》にやってきたのは明智先輩《あけちせんぱい》だった。

明智先輩《あけちせんぱい》は、帰《かえ》りじたくをしているわたしを呼《よ》び出《だ》した。

先輩《せんぱい》からの突然《とつぜん》の呼《よ》び出《だ》しに、クラスメイトはざわついた。

それは、明智先輩《あけちせんぱい》が、ミステリーオタクの変人《へんじん》として校内《こうない》で知《し》られた存在《そんざい》だったからだ。

変《か》わり者《もの》の先輩《せんぱい》と、わたしのような地味《じみ》で目立《めだ》たない生徒《せいと》が、なぜ親《した》しくしているのだろうと、クラスメイトたちは気《き》になったみたい。

明智先輩《あけちせんぱい》とわたしは、廊下《ろうか》で話《はな》しはじめた。

「あのあと、考《かんが》えたんだけどね。やっぱり、緑川《みどりかわ》さんは誰《だれ》かに見張《みは》られているんじゃないかなって思《おも》うの。わざわざ暗号《あんごう》でメッセージを送《おく》るなんておかしいもの。ワタシ、心配《しんぱい》になっちゃって」

明智先輩《あけちせんぱい》は、本気《ほんき》でリサちゃんを心配《しんぱい》していた。

わたしも明智先輩《あけちせんぱい》と同《おな》じ気持《きも》ちだ。

「わたしもそう思《おも》います」

わたしたちはリサちゃんが無事《ぶじ》かどうか確認《かくにん》するために、リサちゃんの家《いえ》に行《い》くことにした。


リサちゃんの家《いえ》は学校《がっこう》の近《ちか》くだ。

前《まえ》に、いっしょに帰《かえ》ったときに、教《おし》えてもらっていた。

リサちゃんから送《おく》られてきたメッセージを文面通《ぶんめんどお》り読《よ》めば、リサちゃんは今《いま》、体調《たいちょう》を崩《くず》している。

だったら、素直《すなお》にお見舞《みま》いに行《い》けばいい。

わたしと明智先輩《あけちせんぱい》は、花屋《はなや》さんでお花《はな》を買《か》って、リサちゃんの家《いえ》に向《む》かった。

（まだ知《し》り合《あ》ったばかりだし、お見舞《みま》いなんて変《へん》かな？　明智先輩《あけちせんぱい》まで連《つ》れて来《き》ちゃって追《お》い返《かえ》されたらどうしよう）

リサちゃんの家《いえ》の前《まえ》に着《つ》いたわたしは、思《おも》い切《き》ってインターホンを押《お》した。

ピンポーン!

大《おお》きな音《おと》が響《ひび》く。

しばらくして中《なか》から出《で》てきたのは、リサちゃんのお母《かあ》さんだった。

「あら、どなた?」

「あっ、あの……わたし、リサちゃんと同《おな》じく歌川中学校《うたがわちゅうがっこう》に通《かよ》っている月島奏《つきしまかなで》と言《い》います。リサちゃんが、学校《がっこう》を休《やす》んでいるので心配《しんぱい》になって、お見舞《みま》いに来《き》ました」

「えーっと、そちらは?」

リサちゃんのお母《かあ》さんは、少《すこ》し不審《ふしん》げに明智先輩《あけちせんぱい》を見《み》て言《い》った。

「あっ、こちらはわたしと同《おな》じ部活《ぶかつ》の先輩《せんぱい》の……」

「明智大五郎《あけちだいごろう》です。突然《とつぜん》お邪魔《じゃま》してすみません。ワタシも緑川《みどりかわ》さんが心配《しんぱい》で、見舞《みま》いに……」

変《へん》なことを言《い》い出《だ》さないかと不安《ふあん》だったけど、心配《しんぱい》しなくても、明智先輩《あけちせんぱい》は丁寧《ていねい》にあいさつをした。

明智先輩《あけちせんぱい》って、案外《あんがい》、まじめで礼儀正《れいぎただ》しいのかも。

きちんとお辞儀《じぎ》をする明智先輩《あけちせんぱい》を見《み》ると、変《か》わり者《もの》の先輩《せんぱい》だと思《おも》ったのが悪《わる》い気《き》がした。

リサちゃんのお母《かあ》さんは、明智先輩《あけちせんぱい》があいさつをしたことで、警戒《けいかい》を解《と》いてくれたみたい。

その後《ご》は、やわらかな笑顔《えがお》で応対《おうたい》をしてくれた。

「リサにこんなお友達《ともだち》がいたなんてね。私立《しりつ》に入《はい》って、小学校《しょうがっこう》からの友達《ともだち》もいないし、学《がっ》校《こう》になじめなかったのかなって不安《ふあん》だったの……」

リサちゃんのお母《かあ》さんの言《い》い方《かた》に、引《ひ》っかかりを覚《おぼ》えたわたしは尋《たず》ねた。

「あの、リサちゃん、体調《たいちょう》が悪《わる》いんじゃないんですか？」

「おなかが痛《いた》くて起《お》き上《あ》がれないって言《い》ってるんだけどね。お医者《いしゃ》さんは精神的《せいしんてき》なものだって。原因《げんいん》ははっきりわからないのよ」

リサちゃんのお母《かあ》さんは、ずいぶん心配《しんぱい》している。

「あの、緑川《みどりかわ》さんに会《あ》わせてもらうことはできますか？」

明智先輩《あけちせんぱい》が言《い》うと、リサちゃんのお母《かあ》さんは顔《かお》をしかめた。

「上《あ》がってもらいたいんだけど。今《いま》、ちょうど眠《ねむ》ってて……」

「そうなんですか……」

一目《ひとめ》リサちゃんの顔《かお》を見《み》たいと思《おも》っていたけれど、あきらめて帰《かえ》るしかなさそうだ。

わたしと明智先輩《あけちせんぱい》が大《おお》きく肩《かた》を落《お》とした、そのとき……。

「……奏《かなで》ちゃん？」

廊下《ろうか》の向《む》こうから、リサちゃんが顔《かお》を出《だ》した。

「声《こえ》が聞《き》こえて……」

リサちゃんは眠《ねむ》そうな目《め》をこすりながら、わたしたちに近《ちか》づいてきた。

眠《ねむ》っているという話《はなし》は、ほんとうだった。

「ごめんなさい。急《きゅう》に押《お》しかけて。でも、あの……わたしたち、リサちゃんが心配《しんぱい》で」

「わたしたち？」

リサちゃんは不思議《ふしぎ》そうに、明智先輩《あけちせんぱい》を見《み》る。

それもそのはずだ。明智先輩《あけちせんぱい》はリサちゃんと接点《せってん》はないのだから。

「あっ、こちら部活《ぶかつ》の先輩《せんぱい》ね。リサちゃんの話《はなし》をしたら心配《しんぱい》してついてきてくれたの。決《けっ》して、怪《あや》しい人《ひと》じゃないから」

明智先輩《あけちせんぱい》は、やさしくほほえむ。

「そうなの……？　ありがとうございます」

リサちゃんは一瞬《いっしゅん》、とまどった顔《かお》をしたが、すぐにいつものリサちゃんの顔《かお》に戻《もど》って、明智先輩《あけちせんぱい》に向《む》かって頭《あたま》を下《さ》げた。

「あの……突然《とつぜん》、お邪魔《じゃま》してすみませんでした。わたしたちは、リサちゃんの顔《かお》を見《み》られただけで十分《じゅうぶん》なので、こちらで失礼《しつれい》します」

わたしはリサちゃんのお母《かあ》さんにあいさつをして、リサちゃんに向《む》き直《なお》った。

「ごめんね、リサちゃん。突然《とつぜん》、押《お》しかけて。あの、これお見舞《みま》い。リサちゃんにはピンクのお花《はな》が似合《にあ》うと思《おも》って、お花屋《はなや》さんで花束《はなたば》を作《つく》ってもらったの」

ピンクの小《ちい》さな花束《はなたば》を受《う》け取《と》ったリサちゃんは、やさしい顔《かお》になった。

「ありがとうね。奏《かなで》ちゃん」

「ううん……お礼《れい》なんて。早《はや》く元気《げんき》になって学校《がっこう》で会《あ》える日《ひ》を待《ま》ってるね」

「うん、ウチも早《はや》くみんなに会《あ》いたいな」

「無理《むり》しなくていいからね」

わたしたちはリサちゃんと、リサちゃんのお母《かあ》さんにぺこりとお辞儀《じぎ》をして、リサちゃんの家《いえ》を出《で》た。

わたしと明智先輩《あけちせんぱい》は、帰《かえ》り道《みち》の夕陽《ゆうひ》の中《なか》にいた。

「なんか、余計《よけい》な心配《しんぱい》だったみたいですね」

わたしはつぶやくように、明智先輩《あけちせんぱい》に言《い》った。

安心《あんしん》したものの、結局《けっきょく》、リサちゃんが遠回《とおまわ》しなメッセージを送《おく》った理由《りゆう》まではわからなかった。

「ふつうに学校《がっこう》を休《やす》んでるだけだとしたら、なんで、暗号《あんごう》を……？」

明智先輩《あけちせんぱい》は、不思議《ふしぎ》そうに言《い》った。

わたしも明智先輩《あけちせんぱい》と同《おな》じことを考《かんが》えていた。

ふたり並《なら》んで歩《ある》きだそうとしたとき……。

電信柱《でんしんばしら》の陰《かげ》から、ひとりの男性《だんせい》が現《あらわ》れた。

「音宮先輩《おとみやせんぱい》！」

「ここ、緑川《みどりかわ》リサの家《いえ》だよな？　なにしてんだ、おまえら」

言《い》い方《かた》にトゲがあった。

音宮先輩《おとみやせんぱい》は、あきらかに機嫌《きげん》が悪《わる》い。

「えっと……それは……」

わたしが口《くち》ごもると、明智先輩《あけちせんぱい》が答《こた》えた。

「あんな暗号《あんごう》を送《おく》ってくるんだから、監禁《かんきん》でもされてると思《おも》ったのよ！」

音宮先輩《おとみやせんぱい》はあきれた顔《かお》でわたしたちを見《み》る。

「学校《がっこう》からふたりいっしょに出《で》てったときから、怪《あや》しいと思《おも》ったんだよな」

「そんな前《まえ》からワタシたちをつけてたのね！」

明智先輩《あけちせんぱい》は怒《いか》り口調《くちょう》で言《い》う。

「ああ、絶対《ぜったい》になにかやらかすと思《おも》ったからね」

「やらかす⁉　心配《しんぱい》でお見舞《みま》いに来《く》るのがやらかしって言《い》うの⁉」

「なにがお見舞《みま》いだ。病気《びょうき》で休《やす》んでいる人《ひと》の家《いえ》に押《お》しかけて。それがお見舞《みま》いって言《い》えるのか？」

「でも、万《まん》が一《いち》のことがあったら困《こま》るでしょ。それに、暗号《あんごう》の謎《なぞ》も……」

音宮先輩《おとみやせんぱい》は、明智先輩《あけちせんぱい》の言葉《ことば》をさえぎって言《い》った。

「もう、謎《なぞ》のないところに謎《なぞ》を作《つく》るな！　暗号《あんごう》なんて、ただのこじつけだ」

「そんなこと……」

音宮先輩《おとみやせんぱい》は、明智先輩《あけちせんぱい》から視線《しせん》をそらし、今度《こんど》はわたしを見《み》てきた。

「月島《つきしま》！」

「えっ……わっ、わたしですか⁉」

「月島《つきしま》はなんのためにミス研《けん》に入《はい》ったんだ？」

「えっ……それは……Ｖ《ブイ》チューバー……のために」

わたしはおずおずと答《こた》えた。

「だろ？　だったら、今《いま》すべきことは謎《なぞ》を追《お》うことじゃないよな？」

たしかに音宮先輩《おとみやせんぱい》の言《い》う通《とお》りだった。

リサちゃんが心配《しんぱい》なあまり、わたしも明智先輩《あけちせんぱい》と同《おな》じで謎《なぞ》なんてないところに謎《なぞ》を作《つく》ろうとしていた。

「そうですね……。音宮先輩《おとみやせんぱい》の言《い》う通《とお》りです」

そのとき、明智先輩《あけちせんぱい》は怒《おこ》ったように言《い》ったんだ。

「ちょっ、ちょっと！　月島《つきしま》ちゃんの目的《もくてき》は、Ｖ《ブイ》チューバーかもしれないけどね。ワタシの目的《もくてき》は、ミステリーよ！　あーちゃんは、ミステリー研究会《けんきゅうかい》をＶ《ブイ》チューバープロジェクトの隠《かく》れ蓑《みの》にしてるくせに、人《ひと》の行動《こうどう》に口出《くちだ》せる立場《たちば》？」

「それを言《い》うなら、大五郎《だいごろう》だっていっしょだ。おれたちにミステリー研究会《けんきゅうかい》の人数合《にんずうあ》わせを頼《たの》んでる立場《たちば》だろ。お互《たが》いに文句《もんく》は言《い》えないはずだ」

音宮先輩《おとみやせんぱい》の言葉《ことば》には説得力《せっとくりょく》があった。

たしかに、明智先輩《あけちせんぱい》にV《ブイ》チューバープロジェクトをやらせることも、音宮先輩《おとみやせんぱい》にミステリー研究会《けんきゅうかい》の活動《かつどう》をやらせることもできない。

お互《たが》いに強制《きょうせい》はできないんだ。

「大五郎《だいごろう》はミステリー、おれたちはV《ブイ》チューバーに専念《せんねん》するってことでいいんじゃないか……？　お互《たが》い別々《べつべつ》に活動《かつどう》したほうが、もめなくてすむ」

明智先輩《あけちせんぱい》は、音宮先輩《おとみやせんぱい》の言葉《ことば》に少《すこ》し哀《かな》しげな顔《かお》をしてから、無理《むり》に笑《わら》った。

「わっ……、わかったワ！　お互《たが》いに自分《じぶん》のやりたいことをやりましょう。……じゃあ、ワタシの家《いえ》はこっちだから」

明智先輩《あけちせんぱい》はわたしたちに背中《せなか》を向《む》けて、帰路《きろ》についた。

その後《うし》ろ姿《すがた》はひどく寂《さび》しそうだった。

翌日《よくじつ》から、わたしたちと明智先輩《あけちせんぱい》は別々《べつべつ》の行動《こうどう》をとることになった。

「さて、ようやくV《ブイ》チューバープロジェクトも本格始動《ほんかくしどう》というわけで……」

音宮先輩《おとみやせんぱい》はホワイトボードの前《まえ》に立《た》ち、ペンを握《にぎ》って、V《ブイ》チューバープロジェクトのメンバーに話《はな》しかける。

わたしたちは部室《ぶしつ》で、V《ブイ》チューバーの詳細《しょうさい》を決《き》めることになった。

明智先輩《あけちせんぱい》が顔《かお》を出《だ》す気配《けはい》はない。

もともとは、ミス研《けん》の部室《ぶしつ》なのに、わたしたちだけで使《つか》うのは悪《わる》い気《き》がした。

でも、V《ブイ》チューバープロジェクトに集中《しゅうちゅう》するためにも、いったん、明智先輩《あけちせんぱい》のことは考《かんが》えないようにしないと……。

音宮先輩《おとみやせんぱい》は、わたしに視線《しせん》を向《む》けた。

「で、月島《つきしま》が中《なか》の人《ひと》になるわけだけど、どんなV《ブイ》チューバーになりたいんだ？」

（いきなり、聞《き》かれても……）

「まあ、歌《うた》うのは前提《ぜんてい》だな。そのためにも、おれは月島《つきしま》をスカウトしたんだ」

（歌《うた》いたい……。それは、わたしも同《おな》じだ）

「作詞《さくし》・作曲《さっきょく》は、音宮《おとみや》くんがするの？」

絵夢《えむ》くんが尋《たず》ねた。

「そのうち、おれの曲《きょく》も歌《うた》ってもらうつもりだ。ただ、当面《とうめん》はストックがあるから、その曲《きょく》を歌《うた》ってもらう」

歌《うた》ってもらいたい曲《きょく》のひとつが『月《つき》の人魚《にんぎょ》』なのかな？

『月《つき》の人魚《にんぎょ》』は音宮先輩《おとみやせんぱい》とどういう関係《かんけい》があるんだろう？

まだまだ、音宮先輩《おとみやせんぱい》について知《し》らないことがたくさんある。

「なんでもいい。まずは、今《いま》、月島《つきしま》の思《おも》いついているイメージを言《い》ってみろ」

音宮先輩《おとみやせんぱい》はせかすように言《い》った。

音宮先輩《おとみやせんぱい》の言葉《ことば》に、わたしは、このあいだ見《み》た夢《ゆめ》を思《おも》い出《だ》した。

月《つき》の上《うえ》にひとりでぽつんと座《すわ》り、歌《うた》っている、わたし。

歌《うた》うのはすごく気持《きも》ちいいんだけど、寂《さび》しい気持《きも》ちでいっぱいだった。

誰《だれ》かに聞《き》いてほしいって、ずっと思《おも》ってたんだ。

「あの……月《つき》からやってきたっていうのは、どうでしょう？」

「月《つき》から……？」

音宮先輩《おとみやせんぱい》は、不思議《ふしぎ》そうに聞《き》き返《かえ》してきた。

「最近《さいきん》、夢《ゆめ》を見《み》たんです。わたしがひとり、月《つき》で歌《うた》っている夢《ゆめ》を……。でも、すっごく寂《さび》しくて、誰《だれ》かに歌《うた》を聞《き》いてほしいって思《おも》っていたんです。地球《ちきゅう》には人《ひと》がいっぱいいるのにな。

地球《ちきゅう》で歌《うた》えたらいいな。って思《おも》いながら、ずっと歌《うた》っていました」

音宮先輩《おとみやせんぱい》が「月《つき》ね……」とつぶやいたかと思《おも》うと、工藤《くどう》くんが話《はなし》に入《はい》ってきた。

「だったら、うさぎのモチーフはどうですか？　月《つき》ですし」

工藤《くどう》くんは、人差《ひとさ》し指《ゆび》でくいっとメガネを持《も》ち上《あ》げて言《い》った。

「V《ブイ》チューバーに、うさぎの耳《みみ》としっぽをつけるんです。人気《にんき》のV《ブイ》チューバーは、まばたきにあわせて動《うご》く耳《みみ》だったり、笑《わら》ったら揺《ゆ》れるしっぽだったりがついてるんですよ。中《なか》の人《ひと》の動《うご》きと連動《れんどう》して動《うご》くアイテムっておもしろいと思《おも》うんです」

わたしは、うさぎのキャラクターのぴょん子《こ》を思《おも》い出《だ》した。

うさぎは、わたしも大好《だいす》きだ。

「うさぎ！　大賛成《だいさんせい》！」

わたしは、うれしくって大《おお》きな声《こえ》をだした。

「よし、月島《つきしま》も気《き》に入《い》ったなら、うさぎは決定《けってい》だな……」

音宮先輩《おとみやせんぱい》は、ホワイトボードに『うさぎ』と書《か》く。

ただ、満足《まんぞく》はしていないようで難《むずか》しい顔《かお》で腕《うで》を組《く》む。

「うさぎだけじゃ……華《はな》やかさが足《た》りない……」

少《すこ》し考《かんが》えてから、音宮先輩《おとみやせんぱい》は言《い》った。

「アイドルなんてどうだ？」

音宮先輩《おとみやせんぱい》の提案《ていあん》に、わたしは驚《おどろ》いた。

「わっ、わたしがアイドルですか⁉」

思《おも》わず、声《こえ》が裏返《うらがえ》ってしまう。

音宮先輩《おとみやせんぱい》……、本気《ほんき》……⁉

「いやか？」

「いっ、いやじゃないんですけど……。こんな地味《じみ》なわたしがアイドルって……」

困惑《こんわく》するわたしに、絵夢《えむ》くんはやさしく言《い》った。

「アイドルって言《い》っても、みんながみんな派手《はで》なわけじゃない。ふだんは地味《じみ》な子《こ》もいるよ。それに、Vチューバー《ブイ》はふだんの自分《じぶん》と違《ちが》う自分《じぶん》を演《えん》じることに楽《たの》しさがあると思《おも》うんだ。自分《じぶん》とかけ離《はな》れてると思《おも》うなら、なおさらいいんじゃない」

役者《やくしゃ》の絵夢《えむ》くんの言葉《ことば》には、説得力《せっとくりょく》があった。

違《ちが》う自分《じぶん》を演《えん》じるか……。

悪《わる》くないけど、ちょっと難《むずか》しいかな……？

「ちょっと待《ま》ってて……」

そう言《い》って、絵《え》夢《む》くんがすかさず、タブレットでさらさらと絵《え》を描《か》く。

そこには三日月《みかづき》に腰《こし》をかけ、はやりのファッションに身《み》を固《かた》めながら地球《ちきゅう》を見《み》つめて歌《うた》う、うさ耳姿《みみすがた》のわたしがいた。

月《つき》の明《あ》かりがスポットライトのようになり、体《からだ》がキラキラと光《ひか》り輝《かがや》いている。

「こんな感《かん》じ？　顔《かお》は、身《み》バレしない程度《ていど》に、奏《かなで》ちゃんに寄《よ》せてみたんだけど」

「これがわたし⁉　すごくいい！　最高《さいこう》にかわいい！」

「ラフ画《が》で、そんなにほめられるなんて光栄《こうえい》だな」

「ラフ画《が》？」

「下絵《したえ》だよ。あとでちゃんとしたイラストに仕上《しあ》げるんだ。もう少《すこ》し装飾《そうしょく》も付《つ》けて華《はな》やかにしないとね」

絵《え》夢《む》くんのイラストを、工藤《くどう》くんもうれしそうに見《み》ている。

音宮先輩《おとみやせんぱい》がホワイトボードに『アイドル』と書《か》き込《こ》む。

これでコンセプトは完成《かんせい》と思《おも》いきや、音宮先輩《おとみやせんぱい》は難《むずか》しい顔《かお》を崩《くず》さない。

「気《き》になるところでもあるんですか？」

工藤《くどう》くんが、音宮先輩《おとみやせんぱい》に声《こえ》をかけた。

「たしかに神絵師《かみえし》・夜《よる》のおかげで、はやりのビジュアルになった。アイドルもうさぎも人気《にんき》だ。でも、なにかが足《た》りないんだ。もっと見《み》ている人《ひと》をひきつける、かわいいだけじゃないなにかが欲《ほ》しい。ちょっとしたアクセントとして、クールなスパイス的《てき》なものが……」

（かわいいだけじゃ人気《にんき》は出《で》ない……。厳《きび》しい世界《せかい》……）

でも、足《た》りないものってなんだろ……と、思《おも》ったとき、明智先輩《あけちせんぱい》のミステリーグッズが目《め》に入《はい》った。

（これだ……！）

「音宮先輩《おとみやせんぱい》！　探偵《たんてい》はどうですか？」

音宮先輩《おとみやせんぱい》が、少《すこ》し身構《みがま》えたように見《み》えた。

また、謎《なぞ》を作《つく》り上《あ》げようとしていると、警戒《けいかい》しているようだ。

でも、言《い》わずにいられなかったんだ。

「明智先輩《あけちせんぱい》だって、この部室《ぶしつ》を貸《か》してくれた時点《じてん》でV《ブイ》チューバープロジェクトの仲間《なかま》です。だったら、明智先輩《あけちせんぱい》にまつわるものも入《い》れるべきだと思《おも》うんです」

音宮先輩《おとみやせんぱい》は考《かんが》え込《こ》んだかと思《おも》うと口《くち》を開《ひら》いた。

「また、謎《なぞ》・謎《なぞ》・謎《なぞ》！　…………となるのは、正直《しょうじき》、かんべんしてほしい。ただし、大五《だいご》郎《ろう》も仲間《なかま》だという点《てん》に異論《いろん》はない。それに、探偵要素《たんていようそ》もアクセントとしては悪《わる》くない」

と、そこまで言《い》うと、ホワイトボードに『探偵《たんてい》』と書《か》き足《た》した。

「ということで、探偵《たんてい》は採用《さいよう》だ。アイドル、うさぎ、探偵《たんてい》をミックスしたキャラを頼《たの》む。できるか、一色《いっしき》？」

音宮先輩《おとみやせんぱい》が絵夢《えむ》くんに頼《たの》むと、絵夢《えむ》くんは「もちろん」と笑《わら》った。

わたしたちは、その後《ご》も話《はな》し合《あ》ってV《ブイ》チューバーのコンセプトを詳《くわ》しく決《き》めた。

月《つき》の出身《しゅっしん》で、うさぎを先祖《せんぞ》に持《も》つ。

見《み》た目年齢《めねんれい》は高校生《こうこうせい》ぐらい。

でも、実際《じっさい》は何万年《なんまんねん》も孤独《こどく》に生《い》きてきた。

人《ひと》がたくさんいる地球《ちきゅう》にあこがれて、ずっと望遠鏡《ぼうえんきょう》でのぞいていた。

地球《ちきゅう》に行《い》きたい。

地球《ちきゅう》で歌《うた》いたい。

ずっとそう思《おも》っていたら、ある日《ひ》、突然願《とつぜんねが》いが叶《かな》って、地球《ちきゅう》に降《お》り立《た》った。

やってきた地球《ちきゅう》はあこがれていた華《はな》やかな部分《ぶぶん》もいっぱいあるけど、事件《じけん》もいっぱいで、探偵業《たんていぎょう》にも乗《の》り出《だ》すことになった。

「よしっ！　一色《いっしき》のイラストができしだい、工藤《くどう》もV《ブイ》チューバーを動《うご》かせるよう作業《さぎょう》に取《と》りかかってくれ」

音宮先輩《おとみやせんぱい》は、キビキビとした声《こえ》で指示《しじ》を出《だ》す。

「承知《しょうち》しました！」

工藤《くどう》くんは、快《こころよ》い返事《へんじ》で引《ひ》き受《う》けた。

「コンセプトができあがったら、次《つぎ》は名前《なまえ》だ。なにかいい案《あん》はあるか？」

音宮先輩《おとみやせんぱい》は、みんなに尋《たず》ねた。

（ミステリーを解決《かいけつ》する……謎《なぞ》を解《と》く……謎《なぞ》を解《と》くうさぎさん……？）

これだ‼

わたしは、はっと顔《かお》を上《あ》げて言《い》った。

「謎解《なぞと》きうさぎなんかどうでしょう？」

音宮先輩《おとみやせんぱい》は、ホワイトボードに『謎解《なぞと》きうさぎ』と書《か》いた。

音宮先輩《おとみやせんぱい》は『謎解《なぞと》きうさぎ』という文字《もじ》を見《み》て、満足《まんぞく》そうな顔《かお》をする。

「……だったら『解《と》き』を『時《とき》』に変《か》えて、タイムリミットをもうけながら配信《はいしん》を進《すす》める。

それなら、ほかのV《ブイ》チューバーと差別化《さべつか》できる」

音宮先輩《おとみやせんぱい》は大《おお》きくうなずき、ホワイトボードに書《か》かれた『解《と》き』の文字《もじ》を『時《とき》』に書《か》き換《か》えて『謎時《なぞとき》うさぎ』に変更《へんこう》した。

(謎時《なぞとき》うさぎ！　すごくいい！)

「我《われ》らがV《ブイ》チューバープロジェクトのV《ブイ》チューバーは『謎時《なぞとき》うさぎ』に決定《けってい》だ」

こうして、わたしたちのV《ブイ》チューバープロジェクトは、謎時《なぞとき》うさぎとともに新《あら》たな幕《まく》を開《あ》けた。

第《だい》4章《しょう》

初《はつ》・配《はい》・信《しん》☆

謎時《なぞとき》うさぎの始動《しどう》に喜《よろこ》んでいたときだった。

ガタッ！と廊下《ろうか》で音《おと》がした。

「誰《だれ》だ⁉」

音宮先輩《おとみやせんぱい》が、あわてて部室《ぶしつ》の扉《とびら》を開《ひら》いた。

扉《とびら》の前《まえ》にいたのは明智先輩《あけちせんぱい》だった。

「明智先輩《あけちせんぱい》！　戻《もど》ってきてくれたんですね！」

わたしはうれしくて、思《おも》わずはずんだ声《こえ》をあげた。

「ごっ、ごめんなさい。忘《わす》れ物《もの》をしたから部室《ぶしつ》に入《はい》ろうと思《おも》ったんだけどね。あまりにも盛《も》り上《あ》がっていたから入《はい》れなくって」

そのとき、明智先輩《あけちせんぱい》の目《め》の端《はし》がきらりと光《ひか》ったように見《み》えた。

「どうした？　泣《な》いているのか？」

音宮先輩《おとみやせんぱい》も、明智先輩《あけちせんぱい》の涙《なみだ》を見逃《みのが》さなかったみたい。

「月島《つきしま》ちゃんが、ワタシも仲間《なかま》だって言《い》ってくれたのがすごくうれしくって。ほら、ワタシ、なんでも謎《なぞ》に結《むす》びつけちゃうクセがあるから、以前《いぜん》いたミス研部員《けんぶいん》も、ひとり抜《ぬ》け、ふたり抜《ぬ》けして、最後《さいご》には『そして誰《だれ》もいなくなった』状態《じょうたい》になっちゃったでしょ。また、

今度《こんど》も同《おな》じことになっちゃうんじゃないかって心配《しんぱい》だったの……だから、心《こころ》に響《ひび》いちゃって」

（そうだったんだ……）

明智先輩《あけちせんぱい》はみんながいなくなるのが不《ふ》安《あん》だった。

だから、音宮先輩《おとみやせんぱい》から別々《べつべつ》に活動《かつどう》したほうがいいって言《い》われたときにすぐに受《う》け入《い》れたんだ。

「明智先輩《あけちせんぱい》……！　わたし、謎時《なぞとき》うさぎを立派《りっぱ》なV《ブイ》チューバーにしてみせます。だから、明智先輩《あけちせんぱい》も応援《おうえん》してください。わたしたちのV《ブイ》チューバーを。わたしも明智先輩《あけちせんぱい》が名探偵《めいたんてい》になるのを応援《おうえん》しますから」

明智先輩《あけちせんぱい》は、にっこりほほえんだ。

「ありがとう、月島《つきしま》ちゃん。月島《つきしま》ちゃんも、あーちゃんも、一色《いっしき》くんも、工藤《くどう》くんも最高《さいこう》の仲間《なかま》だワ！　これからもよろしくね」

明智先輩《あけちせんぱい》の言葉《ことば》に、絵夢《えむ》くんも工藤《くどう》くんも笑顔《えがお》になった。

「ああ、よろしく頼《たの》むよ。大五郎《だいごろう》」

音宮先輩《おとみやせんぱい》の声《こえ》はやさしかった。

これで、V《ブイ》チューバー・プロジェクトも新《あら》たな一歩《いっぽ》を踏《ふ》み出《だ》せる。

わたしは高鳴《たかな》る胸《むね》を押《お》さえながら、仲間《なかま》を見渡《みわた》した。

と、そのとき……。

明智先輩《あけちせんぱい》が胸《むね》に抱《かか》えていた、古《ふる》い卒業《そつぎょう》アルバムが目《め》に入《はい》った。

「そのアルバムって……？」

わたしの問《と》いかけに、明智先輩《あけちせんぱい》はパッと目《め》を見開《みひら》いて顔《かお》を輝《かがや》かせた。

「ああ、これね！　やっぱり、ワタシ気《き》になっちゃって、15年前《ねんまえ》の呪《のろ》いのうわさってやつ。そしたらね、すごいことがわかったのよ！」

明智先輩《あけちせんぱい》は机《つくえ》の上《うえ》にアルバムを広《ひろ》げた。

そこにあった写真《しゃしん》には……。

「「「矢神先生《やがみせんせい》！」」」

部員《ぶいん》たちは、そろって大《おお》きな声《こえ》を出《だ》した。

「矢神先生《やがみせんせい》はこの学校《がっこう》の生徒《せいと》だったの？」

絵夢《えむ》くんが、不思議《ふしぎ》そうに明智先輩《あけちせんぱい》に聞《き》いた。

「そうみたい。でも、そんな話《はなし》、聞《き》いたことないからおかしいと思《おも》って、当時《とうじ》の卒業文集《そつぎょうぶんしゅう》を読《よ》んでみたの。それでわかったのが、矢神先生《やがみせんせい》は、合唱部員《がっしょうぶいん》だったってことよ！」

明智先輩《あけちせんぱい》は得意《とくい》げに伝《つた》えた。

矢神先生《やがみせんせい》が歌川中《うたがわちゅう》にいただけでも驚《おどろ》きなのに、まさか合唱部員《がっしょうぶいん》だったなんて。

「矢神先生《やがみせんせい》が合唱部《がっしょうぶ》にいたのは15年前《ねんまえ》。呪《のろ》いのうわさが発生《はっせい》したのも同《おな》じく15年前《ねんまえ》。もしかしたら呪《のろ》いと矢神先生《やがみせんせい》は関係《かんけい》あるのかもって思《おも》わない？」

明智先輩《あけちせんぱい》はみんなの返事《へんじ》を待《ま》つ時間《じかん》すら惜《お》しいようで、まくしたてるように続《つづ》けた。

「もちろんすべて想像《そうぞう》よ。でも、矢神先生《やがみせんせい》について、もう少《すこ》し調《しら》べてみる価値《かち》はあると思《おも》うの」

矢神先生《やがみせんせい》が、15年前《ねんまえ》の呪《のろ》いと関《かか》わりがあるのかはわからない。

でも、引《ひ》っかかるのはたしかだ。

それは、みんなも同《おな》じみたいで……。

「ああ、なにかあったら教《おし》えてくれ。おれたちも謎時《なぞとき》うさぎを、V《ブイ》チューバーとしてきちんと完成《かんせい》させる。その15年前《ねんまえ》の事件《じけん》とやらで、なにかおもしろいものが見《み》つかれば配信《はいしん》のネタにしてもいい。なんせ、探偵《たんてい》V《ブイ》チューバーだからな」

音宮先輩《おとみやせんぱい》は、明智先輩《あけちせんぱい》に向《む》かって笑顔《えがお》を向《む》けた。

明智先輩《あけちせんぱい》もうれしそうに笑《わら》った。

わたしは、ふたりの笑顔《えがお》を見《み》てすごくうれしい気持《きも》ちになったんだ。


数日後《すうじつご》、絵夢《えむ》くんは完成《かんせい》した謎時《なぞとき》うさぎのイラストを持《も》って部室《ぶしつ》にやってきた。

「ようやく完成《かんせい》したんだよ！　見《み》てくれないかな？」

絵夢《えむ》くんは、充実感《じゅうじつかん》たっぷりの表情《ひょうじょう》で言《い》った。

絵夢《えむ》くんが、持《も》って来《き》たのは前《まえ》、横《よこ》、後《うし》ろから見《み》た謎時《なぞとき》うさぎのイラストだ。

名探偵《めいたんてい》ホームズのような帽子《ぼうし》とコートで、スタイリッシュな大人《おとな》っぽさがある。

でも、帽子《ぼうし》もコートも薄《うす》いピンクでかわいらしさもあった。

帽子《ぼうし》からは、長《なが》いうさぎの耳《みみ》が飛《と》び出《だ》し、スカートからは、ふわふわの丸《まる》いしっぽ。

探偵《たんてい》らしいルーペもあり、腰《こし》には懐中時計《かいちゅうどけい》がつけられている。

アイドルっぽいキュートさと、探偵《たんてい》っぽいクールさが融合《ゆうごう》していて、すごくオシャレでカッコいい。

「希望通《きぼうどお》りならいいんだけど」

絵夢《えむ》くんは、はにかみながら言《い》った。

「すごくいい！　希望以上《きぼういじょう》だよ！　想像《そうぞう》の100倍《ばい》だよ！」

探偵《たんてい》に、アイドルに、うさ耳《みみ》に、いろ

謎時《なぞとき》うさぎ　三面図《さんめんず》

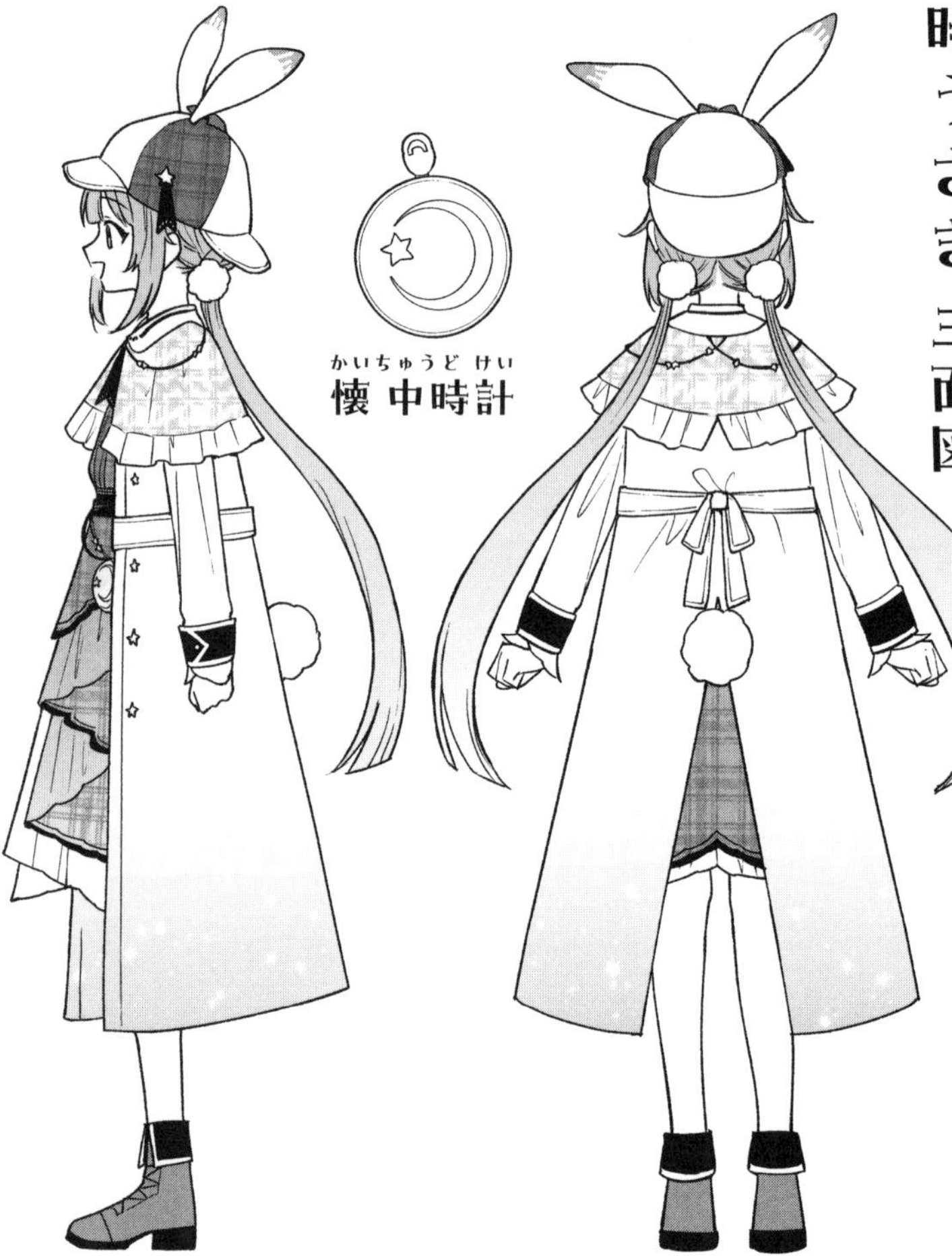

んな要素《ようそ》が詰《つ》め込《こ》まれて、ともすると、ごちゃごちゃになりそうなキャラが、こんなふうにまとまるなんて、さすが絵夢《えむ》くん。

「悪《わる》くないいんじゃないか？」

プロデューサーである、音宮先輩《おとみやせんぱい》も満足《まんぞく》そうに見《み》つめている。

「へへっ、徹夜《てつや》したかいがあったかな」

絵夢《えむ》くんは、照《て》れくさそうな顔《かお》を見《み》せた。

「徹夜《てつや》したの？」

「ちょうどドラマの仕事《しごと》も重《かさ》なって、どうしても作業《さぎょう》が夜中《よなか》になっちゃって」

「忙《いそが》しいなか、ありがとう」

わたしがお礼《れい》を言《い》うと絵夢《えむ》くんは、顔《かお》をくしゃりとさせて笑《わら》った。

「仲間《なかま》のためなら、がんばれるよ」

一瞬《いっしゅん》、ドキッとした。

この笑顔《えがお》に、どれだけの人《ひと》がとりこになってきたのだろう。

（絵夢《えむ》くんにたくさんのファンがいる理由《りゆう》、わかった気《き》がする……）

「……素敵《すてき》なイラストを描《か》いてくれた絵夢《えむ》くんのためにも、謎時《なぞとき》うさぎの配信《はいしん》がんばるね」

わたしは、しっかり絵夢《えむ》くんの目《め》を見《み》て言《い》った。

絵夢《えむ》くんは「うん！」と、うれしそうにうなずいた。

「イラストもできあがったところで、ここから先《さき》は工藤《くどう》に任《まか》せていいか」

音宮先輩《おとみやせんぱい》が工藤《くどう》くんに告《つ》げた。

工藤《くどう》くんは、目《め》を輝《かがや》かせる。

「もちろんです！　こんな素敵《すてき》なイラストを動《うご》かせるなんて光栄《こうえい》ですよ。さっそく、画像《がぞう》のデータ送《おく》ってもらってもいいですか？」

工藤《くどう》くんも、絵夢《えむ》くんの描《か》いたイラストを見《み》て、興奮《こうふん》を隠《かく》せないみたいだ。

「うん、すぐに送《おく》るよ」

絵夢《えむ》くんからデータを送《おく》ってもらった工藤《くどう》くんは、謎時《なぞとき》うさぎのイラストを自分《じぶん》のパソコンに取《と》り込《こ》んですぐに作業《さぎょう》を始《はじ》めた。

工藤《くどう》くんは学校《がっこう》のパソコンは使《つか》い慣《な》れていないと、私物《しぶつ》のノートパソコンを持《も》ってきていた。

工藤《くどう》くんはV《ブイ》チューバー作《づく》りのソフトを開《ひら》いて真剣《しんけん》な表情《ひょうじょう》で、マウスをカチカチッとクリックする。

その横《よこ》では、データを渡《わた》し終《お》えた絵夢《えむ》くんが、大《おお》きなあくびをする。

「ふわあああ！　作業《さぎょう》が終《お》わったら、なんだか眠《ねむ》くなっちゃったな」

絵夢《えむ》くんは、イスに座《すわ》り目《め》を閉《と》じる。

すぐにこくりこくりと首《くび》を動《うご》かしはじめた。

（疲《つか》れてたんだな……）

忙《いそが》しいなか、時間《じかん》を作《つく》ってくれたんだ。

わたしも、ちゃんと成功《せいこう》させないと。

「で、ここからはぼくの番《ばん》ですが、なにか要望《ようぼう》ありますか？」

工藤《くどう》くんに尋《たず》ねられ、音宮先輩《おとみやせんぱい》は少《すこ》し考《かんが》えてから言《い》う。

「ほかのV《ブイ》チューバーにはない探偵《たんてい》らしい特徴《とくちょう》を入《い》れてほしい。耳《みみ》を動《うご》かすしぐさは当然《とうぜん》入《い》れるとしても、その程度《ていど》の動《うご》きなら、ほかのV《ブイ》チューバーもやっているし、特《とく》にめずらしくない。もっと、謎《なぞ》時《とき》うさぎならではの特徴《とくちょう》がほしいが……」

「なんでしょうね？　ぼく、ＩＴ《アイティー》の知識《ちしき》はあっても創作《そうさく》するのは得意《とくい》じゃないから……。

月島《つきしま》さんはなにかアイディアありますか？」

（探偵《たんてい》らしさか……。う〜ん……）

「たとえば、目《め》にルーペを重《かさ》ねると目《め》が大《おお》きくなるとか？」

「いいんじゃないか」

音宮先輩《おとみやせんぱい》は、大《おお》きくうなずく。

「手《て》の動《うご》きにあわせてルーペを動《うご》かすだけじゃなくて、ルーペが重《かさ》なったときの目《め》の大《おお》きさにも変化《へんか》をつけなくてはなりません。さまざまな動《うご》きがあわさってるので複雑《ふくざつ》ではありますが、できないことはないですね。壁《かべ》は高《たか》いほうが越《こ》えがいがあるってものです。ぜひ、やってみましょう」

思《おも》いつきのアイディアだったけど、音宮先輩《おとみやせんぱい》も工藤《くどう》くんも喜《よろこ》んでくれたみたい。

「じゃあ、まずパーツの配置《はいち》からはじめますね」

「パーツ？」

わたしが尋《たず》ねると、工藤《くどう》くんはパソコンをカチャカチャと操作《そうさ》しながら説明《せつめい》をしてくれた。

パーツとはイラストを細《こま》かく部位《ぶい》に分《わ》けたものみたい。

「例《たと》えば前髪《まえがみ》だけでも、いろんな動《うご》きに対応《たいおう》できるように、真《ま》ん中《なか》、右横《みぎよこ》、左横《ひだりよこ》って三《みっ》つぐらいのパーツに分《わ》けるんですよ。髪《かみ》で言《い》えば、後《うし》ろ髪《がみ》も……」

「後《うし》ろって見《み》えるの？」

わたしはすかさず聞《き》いた。

「2D《ツーディー》だと一回転《いっかいてん》して後《うし》ろ姿《すがた》を見《み》せることはできません。でも、髪《かみ》が長《なが》い場合《ばあい》は、首《くび》を傾《かたむ》けたときに、首《くび》の後《うし》ろの髪《かみ》が見《み》えたりするんですよ。そのときに、後《うし》ろ髪《がみ》のパーツがないと背景《はいけい》が透《す》けちゃうんですね。だから、どんな角度《かくど》に動《うご》いてもいいように、細《こま》かくパーツを分《わ》けておくんですよ」

「へえー、なるほど」

そのほかにも、口《くち》ひとつとっても、歯《は》だったり、舌《した》だったりと細《こま》かくパーツ分《わ》けしたほうが、いろんな表情《ひょうじょう》が作《つく》れると工藤《くどう》くんは説明《せつめい》してくれた。

絵夢《えむ》くんは、その工程《こうてい》をわかっていたみたいで、細《こま》かくパーツ分《わ》けをしたイラストを工藤《くどう》くんに送《おく》ったようだ。

工藤《くどう》くんは、絵夢《えむ》くんの気遣《きづか》いが助《たす》かると言《い》っていた。

「パーツ分《わ》けしたイラストを配置《はいち》したあとは、そのイラストをどう動《うご》かすかを決《き》めます。方《ほう》

パーツ分《わ》けの例《れい》

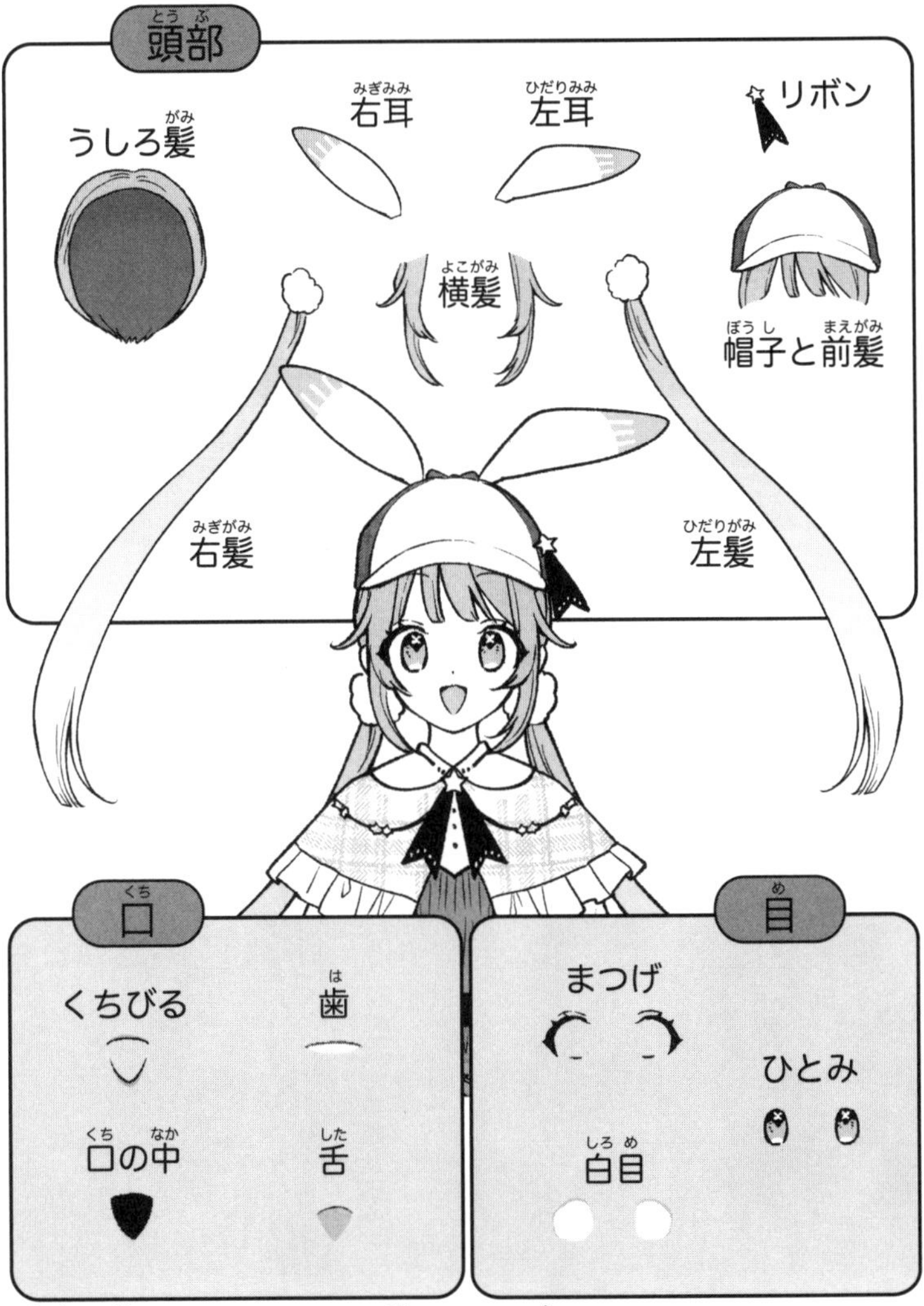

※実際《じっさい》のV《ブイ》チューバーは、もっと細《こま》かくパーツ分《わ》けされています。

向《こう》だったり、角度《かくど》だったりの調整《ちょうせい》ですね。そういった工程《こうてい》を積《つ》み重《かさ》ねてV《ブイ》チューバーはできあがるんですよ」

工藤《くどう》くんの説明《せつめい》で、V《ブイ》チューバーの基本的《きほんてき》な仕組《しく》みが理解《りかい》できた。

V《ブイ》チューバーって、いろんな人《ひと》の手《て》でいろんな作業《さぎょう》を積《つ》み重《かさ》ねて動《うご》いているんだ。

工藤《くどう》くんが作業《さぎょう》をする過程《かてい》を見《み》ていると、謎時《なぞとき》うさぎにどんどん息《いき》が吹《ふ》き込《こ》まれる気《き》がして、ますます愛着《あいちゃく》がわいていく。

V《ブイ》チューバーって、すごい！

と、そのとき、わたしの前《まえ》にすっとスマホが差《さ》し出《だ》された。

「えっ、どうしたの、急《きゅう》に？」

工藤《くどう》くんが、わたしにスマホを向《む》けていた。

「ちょっと、動画撮《どうがと》らせてもらっていいですか？」

「えっ、動画《どうが》？」

「実際《じっさい》にV《ブイ》チューバーとしてスムーズに動《うご》かすには、結構《けっこう》、時間《じかん》がかかるんです。なので、家《いえ》で作業《さぎょう》するときの表情《ひょうじょう》づくりの参考《さんこう》として、月島《つきしま》さんの動画《どうが》を撮《と》っておきたいんです」

急《きゅう》に動画《どうが》を撮《と》りたいと言《い》われ、ドキドキしてしまう。

「それって、わたしじゃなくても……」

ほかの人《ひと》を撮《と》ってと言《い》おうとすると、工藤《くどう》くんはさえぎって答《こた》えた。

「笑《わら》ったときの目元《めもと》とか口元《くちもと》とか、人《ひと》それぞれ違《ちが》うんですよね。中《なか》の人《ひと》の特徴《とくちょう》にあわせて作《つく》ったほうが、違和感《いわかん》が出《で》ないんです。だから、月島《つきしま》さんじゃないとダメなんです」

（そんなことまで考《かんが》えるんだ……！）

V《ブイ》チューバーづくりって奥《おく》が深《ふか》い。

「もう少《すこ》し笑《わら》ってくれますか？」

わたしは工藤《くどう》くんに言《い》われて、無理矢理《むりやり》、笑顔《えがお》を作《つく》ってみせる。

でも、笑《わら》ってと言《い》われると、どうしても緊張《きんちょう》して顔《かお》が引《ひ》きつる。

「おいっ！　ちゃんと笑《わら》えてないぞ」

音宮先輩《おとみやせんぱい》が横《よこ》から口《くち》を出《だ》す。

（そんなふたりで、じろじろ見《み》られたら笑《わら》えないよ……）

なんとかぎこちない笑《え》みを作《つく》ると、次《つぎ》の表情《ひょうじょう》を指示《しじ》された。

「次《つぎ》は、怒《おこ》ってください」

（急《きゅう》に怒《おこ》るなんて、難《むずか》しい……）

「自分《じぶん》のまわりで実際《じっさい》に起《お》こったことで、腹《はら》が立《た》ったことを思《おも》い出《だ》してみればいいんだよ」

いつの間《ま》にか目《め》を覚《さ》ました絵夢《えむ》くんが、アドバイスをくれた。

役者《やくしゃ》の絵夢《えむ》くんなら怒《おこ》った表情《ひょうじょう》なんて簡単《かんたん》なのかもしれない。

わたしは絵夢《えむ》くんに言《い》われた通《とお》り、最近《さいきん》、腹《はら》が立《た》ったことを思《おも》い出《だ》した。

(お風呂《ふろ》上《あ》がりに食《た》べようと思《おも》っていたプリンを、お父《とう》さんに食《た》べられたことかな)

思《おも》い出《だ》したら、自然《しぜん》と怒《おこ》り顔《がお》になる。

「いいですね。怒《おこ》った顔《かお》も」

工藤《くどう》くんは、そのあとも、泣《な》いた顔《かお》、困《こま》った顔《かお》、寂《さび》しい顔《かお》など、さまざまな表情《ひょうじょう》を指示《しじ》した。

「だんだんと表情《ひょうじょう》がやわらかくなってきたね」

絵夢《えむ》くんのおだやかな笑顔《えがお》に、緊張《きんちょう》がほどけていった。

はじめは恥《は》ずかしかったけれど、工藤《くどう》くんや、絵夢《えむ》くんにほめられると、どんどん表情《ひょうじょう》づくりも楽《たの》しくなる。

「いい表情《ひょうじょう》が撮《と》れましたよ！」

工藤《くどう》くんは満足《まんぞく》そうに言《い》った。

「お疲《つか》れさま。あれだけ表情《ひょうじょう》が出《だ》せれば、謎時《なぞとき》うさぎも人気《にんき》が出《で》るんじゃないか」

いつもクールな音宮先輩《おとみやせんぱい》も、めずらしくやさしい声《こえ》をかけてくれた。

「先輩《せんぱい》……」

でも、すぐに現実《げんじつ》に引《ひ》き戻《もど》すのも音宮先輩《おとみやせんぱい》だ。

「まあ、月島《つきしま》が緊張《きんちょう》せずに謎時《なぞとき》うさぎを演《えん》じられればの話《はなし》だけどな」

(ううっ……そんな現実《げんじつ》突《つ》きつけなくても……)

「演《えん》じればいいんだよ。別人《べつじん》だって思《おも》ってやればきっとうまく行《い》くから。ぼくも演技《えんぎ》をするときは別人《べつじん》だと思《おも》って演《えん》じてるよ。やっぱり、恥《は》ずかしさはあるからね」

(絵夢《えむ》くんも、恥《は》ずかしいなんて思《おも》うんだ……)

絵夢《えむ》くんの言葉《ことば》を聞《き》いて、ほっとする。

謎時《なぞとき》うさぎは月島奏《つきしまかなで》じゃない。

別人《べつじん》だと思《おも》えば緊張《きんちょう》せずにできるはず。

(せっかく、みんなに歌《うた》を聞《き》いてもらえるチャンスだもんね。みんなに歌《うた》を聞《き》いてもらうことは、わたしの夢《ゆめ》なんだ。おびえてる場合《ばあい》じゃないよ)

わたしは、気《き》づかれないように小《ちい》さくこぶしを握《にぎ》って気合《きあい》を入《い》れた。

工藤《くどう》くんは、1週間《しゅうかん》かけてV《ブイ》チューバーのキャラが動《うご》くようにしてくれた。

放課後《ほうかご》や休《やす》み時間《じかん》だけじゃ間《ま》に合《あ》わなくて、家《いえ》に帰《かえ》っても作業《さぎょう》を続《つづ》けてくれたみたい。

そのあいだ、みんなもそれぞれに活動《かつどう》を続《つづ》けていた。

絵夢《えむ》くんは、役者《やくしゃ》の仕事《しごと》がちょうど空《あ》いたため、明智先輩《あけちせんぱい》の調査《ちょうさ》を手伝《てつだ》っていた。

音宮先輩《おとみやせんぱい》は、これからの謎時《なぞとき》うさぎの戦略《せんりゃく》を練《ね》った。

わたしはと言《い》えば、家《いえ》で歌《うた》の練習《れんしゅう》をしていた。

少《すこ》しでも自信《じしん》をつけて、配信当日《はいしんとうじつ》の緊張《きんちょう》をなくしたかったからだ。

そして今日《きょう》、わたしと音宮先輩《おとみやせんぱい》は「テストをしたい」と言《い》われ、工藤《くどう》くんから部室《ぶしつ》に呼《よ》び出《だ》された。

音宮先輩《おとみやせんぱい》の用意《ようい》したカメラとマイクの前《まえ》に立《た》つ。

「トラッキングソフトの準備《じゅんび》は完了《かんりょう》だ！　少《すこ》し動《うご》いてみて」

わたしはとりあえず小《ちい》さく手《て》を振《ふ》ってみる。

工藤《くどう》くんのパソコンディスプレイで、謎時《なぞとき》うさぎも手《て》を振《ふ》った。

「動《うご》いた！」

わたしは思《おも》わず大《おお》きな声《こえ》をあげる。

大《おお》きく手《て》を動《うご》かしてみたり、首《くび》をかしげてみたりして、いろいろな動《うご》きをする。

そのたびに、謎時《なぞとき》うさぎはわたしと連動《れんどう》して、耳《みみ》やしっぽをぴょこぴょこ動《うご》かす。

「すごいっ！　感動《かんどう》っ！」

音宮先輩《おとみやせんぱい》も、いつの間《ま》にか部室《ぶしつ》に来《き》ていた絵夢《えむ》くんも、安心《あんしん》したようなほっとした顔《かお》で、無事《ぶじ》に動《うご》いた謎時《なぞとき》うさぎを見《み》つめている。

（これがわたし!?　まだ信《しん》じられない！）

「声《こえ》は地声《じごえ》でいいか？　おれはおまえの歌声《うたごえ》を活《い》かしたいから、ボイスチェンジ（＊）はしたくないんだが……」

（地声《じごえ》か……。少《すこ》し恥《は》ずかしい気《き》もする。それに身《み》バレも心配《しんぱい》だしな……）

「地声《じごえ》でも少《すこ》しだけ雰囲気《ふんいき》を変《か》えてみたら？　演《えん》じてるんだし、それぐらいしてもいいんじゃない？」

わたしのとまどいを察《さっ》した絵夢《えむ》くんが、アドバイスをくれた。

＊「ボイスチェンジ」…元《もと》の声《こえ》を、別《べつ》の声《こえ》に変換《へんかん》すること。通常《つうじょう》は、「ボイスチェンジャー」という機器《きき》を使《つか》う。男性《だんせい》の声《こえ》を女性《じょせい》っぽい声《こえ》に変《か》えたり、大人《おとな》の声《こえ》を子《こ》どもっぽい声《こえ》に変《か》えたりすることもできる。

（ちょっとだけ声《こえ》を高《たか》くして……よし、やってみよう！）

「こっ……、こんにちは。謎時《なぞとき》うさぎだよ！」

（ダメだ！　もっと謎時《なぞとき》うさぎになりきらないと。え〜い！　やるしかない！）

「今日《きょう》も、うさぎ並《な》みのかわいさとすばやさで、どんな難事件《なんじけん》もぴょ〜んと解決《かいけつ》なのだ！」

（これでいいのかな……？　やりすぎちゃった……？　それとも、まだ足《た》りない？）

「あの……えっと……こんな感《かん》じでどうですか？」

音宮先輩《おとみやせんぱい》は満足《まんぞく》そうにうなずいた。

「なかなかやるな。よし！　それで行《い》こう」

音宮先輩《おとみやせんぱい》の笑顔《えがお》にほっとした。

（こんなわたしでも、V《ブイ》チューバーになれるんだ！）

その後《ご》も、わたしはいろいろな動《うご》きや表情《ひょうじょう》をテストした。

謎時《なぞとき》うさぎを動《うご》かせば動《うご》かすほどに、自分《じぶん》の心《こころ》と体《からだ》が謎時《なぞとき》うさぎと重《かさ》なっていく。

謎時《なぞとき》うさぎはスムーズに動《うご》き、V《ブイ》チューバープロジェクトは順調《じゅんちょう》なスタートを切《き》った。

「最後《さいご》に歌《うた》ってみるか？」

（歌《うた》う……）

「どうだ？　『月《つき》の人魚《にんぎょ》』を」

そうだ。

わたしは、歌《うた》うためにV《ブイ》チューバープロジェクトをはじめたんだ。

大《おお》きく深呼吸《しんこきゅう》をして、わたしは歌《うた》いだした。

「もしも、この声《こえ》が届《とど》くなら～♪」

モニターの中《なか》の謎時《なぞとき》うさぎが大《おお》きな口《くち》を開《あ》けて、声高《こわだか》に歌《うた》っている。

うさぎの耳《みみ》をぴょこぴょこ動《うご》かしながら、まばゆい光《ひかり》に包《つつ》まれている。

（こんな華《はな》やかなV《ブイ》チューバーがわたしなんて、信《しん》じられない……！）

高揚感《こうようかん》を抱《かか》え、サビへと突入《とつにゅう》する。

（さあ、ぴょ～んと羽《は》ばたけ、謎時《なぞとき》うさぎ！）

と思《おも》ったときだった。

「歌川町《うたがわちょう》にお住《す》まいのみなさま～。田中《たなか》まもる、田中《たなか》まもるに清《きよ》き一票《いっぴょう》を～」

外《そと》から大《おお》きな声《こえ》が聞《き》こえた。

わたしは思《おも》わず歌声《うたごえ》を止《と》めた。

「選挙《せんきょ》カーか……。地域名《ちいきめい》まで連呼《れんこ》されたら、どこから配信《はいしん》してるか丸《まる》わかりだ」

音宮先輩《おとみやせんぱい》は難《むずか》しい顔《かお》で言《い》った。

「技術的《ぎじゅつてき》に、音《おと》を消《け》すことはできないのか？」

「録音《ろくおん》だったら、消《け》せますよ。声《こえ》と同《おな》じ周波数《しゅうはすう》の音《おと》をぶつければ」

「たしかに音楽《おんがく》の収録《しゅうろく》のときも、ノイズが入《はい》ったら消《け》すもんな」

（ノイズを消《け》せる……？　それって……）

「今《いま》の映像《えいぞう》も録画《ろくが》してたんで、消《け》しましょうか？」

そう言《い》って工藤《くどう》くんは、録画《ろくが》していた謎時《なぞとき》うさぎの映像《えいぞう》から音声《おんせい》だけ取《と》り出《だ》し、音声編《おんせいへん》集《しゅう》ソフトに取《と》り込《こ》んだ。

工藤《くどう》くんが、マウスとキーボードをカチカチとさわると、不思議《ふしぎ》なことに選挙《せんきょ》カーの音《おと》は消《き》えた。

「これぐらいは取《と》り除《のぞ》くことはできます。ただし、録画《ろくが》の場合《ばあい》だけです。ライブ配信《はいしん》は処理《しょり》が間《ま》に合《あ》いません」

「となると、やはり、防音設備《ぼうおんせつび》を備《そな》えるしかないのか？」

「ええ、部室《ぶしつ》からの活動《かつどう》をメインにするなら、防音《ぼうおん》は必須《ひっす》ですね」

音宮先輩《おとみやせんぱい》と工藤《くどう》くんの話《はなし》が終《お》わったのを見計《みはか》らって、わたしは声《こえ》をかけた。

「ちょっ、ちょっといい？　それって、どんな音《おと》でも消《け》せるの？」

工藤《くどう》くんは、わたしが勢《いきお》い込《こ》んで質問《しつもん》したことに驚《おどろ》いたようだった。

「えっ、ええ、どんな音《おと》でもとは言《い》い切《き》れないですが、まあ、ある程度《ていど》は……」

聞《き》かれた工藤《くどう》くんは、わたしが急《きゅう》に質問《しつもん》した意味《いみ》がわからないようで、不思議《ふしぎ》そうに返事《へんじ》をした。

「だったら、このあいだ、リサちゃんから送《おく》られてきたデータのノイズを消《け》すことはできないかな？」

リサちゃんがノイズだらけのファイルを送《おく》ってきたのは、なにか理由《りゆう》があるはず。

工藤《くどう》くんはわたしが質問《しつもん》した意図《いと》がわかったようで、納得《なっとく》したように答《こた》えた。

「なるほど。ちょっとやってみましょう」

工藤《くどう》くんは、リサちゃんから送《おく》られてきた音声《おんせい》を編集《へんしゅう》ソフトにかけてノイズを調整《ちょうせい》した。すると……。

「矢神先生《やがみせんせい》、ひどいですよ！」

工藤《くどう》くんのパソコンから流《なが》れてきたのは、間違《まちが》いなくリサちゃんの声《こえ》だった。

「これは……！」

音宮先輩《おとみやせんぱい》も驚《おどろ》く。

「矢神先生《やがみせんせい》を信頼《しんらい》して、あの曲《きょく》を渡《わた》したのに……。なんで、裏切《うらぎ》るようなまねしたんですか……」

（コンクールの曲《きょく》は、もしかしてリサちゃんが……）

「これって、リサちゃんが矢神先生《やがみせんせい》に曲《きょく》を渡《わた》したってことですよね⁉」

「ああ、このやりとりを聞《き》く限《かぎ》り、そうとらえられるな」

わたしがあわてて言《い》うと、音宮先輩《おとみやせんぱい》が冷静《れいせい》に答《こた》えた。

「じゃあ、矢神先生《やがみせんせい》が作曲《さっきょく》したっていうコンクールの曲《きょく》は、本当《ほんとう》はリサちゃんが作曲《さっきょく》したものってことになりませんか？」

音宮先輩《おとみやせんぱい》は、わたしの言葉《ことば》に力強《ちからづよ》くうなずいて答《こた》えた。

「あのモールス信号《しんごう》を埋《う》め込《こ》んだのは緑川《みどりかわ》の可能性《かのうせい》もある」

（モールス信号《しんごう》はリサちゃんが埋《う》めた⁉　じゃあ、自分《じぶん》が作曲《さっきょく》したものだって証拠《しょうこ》のために楽譜《がくふ》に名前《なまえ》を入《い》れたってこと？）

だとしたら、リサちゃんが学校《がっこう》に来《こ》なくなった理由《りゆう》はそこにある。

点《てん》と点《てん》がつながった。

「音宮先輩《おとみやせんぱい》！　この音声《おんせい》を持《も》って矢神先生《やがみせんせい》のところに行《い》きましょう。この音声《おんせい》を聞《き》かせれば、矢神先生《やがみせんせい》も、本当《ほんとう》のことを話《はな》してくれるかもしれない。なんで、リサちゃんが学校《がっこう》に来《こ》なくなったのか、なんでこの学校《がっこう》に赴任《ふにん》してきたのか、15年前《ねんまえ》、合唱部《がっしょうぶ》でなんの事件《じけん》があったのか」

わたしはせかすように言《い》った。

音宮先輩《おとみやせんぱい》は、静《しず》かに首《くび》を横《よこ》に振《ふ》った。

「いや、無理《むり》だ……」

わたしは思《おも》わず言《い》い返《かえ》す。

「なんでですか⁉　リサちゃんが困《こま》ってるのに……」

「落《お》ち着《つ》いて聞《き》け」

「こんなときに、落《お》ち着《つ》いてなんて……」

「たとえ音声《おんせい》を突《つ》きつけても、相手《あいて》はずる賢《がしこ》い大人《おとな》だ。ごまかされて終《お》わりだろう」

「だからって、このまま黙《だま》ってるなんていやですよ！」

こんなときまで冷静《れいせい》な音宮先輩《おとみやせんぱい》に腹《はら》が立《た》った。

「おれたちは今《いま》、子《こ》どもの姿《すがた》だ。子《こ》どもは大人《おとな》に立《た》ち向《む》かっても勝《か》てやしない」

音宮先輩《おとみやせんぱい》がなにを言《い》いたいのかわからない。

大人《おとな》になるまで待《ま》てって言《い》うつもり？

「でもな、V《ブイ》チューバーの姿《すがた》ならどうだ？」

「えっ……？」

「V《ブイ》チューバーなら、年齢《ねんれい》も性別《せいべつ》もわからない。たとえ女性《じょせい》のキャラだとしても、ほんとうに中《なか》の人《ひと》が女性《じょせい》かはわからない。素性《すじょう》はわからないんだ。だったら、謎時《なぞとき》うさぎの姿《すがた》で矢神《やがみ》を追及《ついきゅう》したらどうだ？」

「そっ、それって……」

わたしの不安《ふあん》を察《さっ》したようで、音宮先輩《おとみやせんぱい》は先回《さきまわ》りするように言葉《ことば》をつむいだ。

「おまえならできる。月島《つきしま》、おまえはおれが見込《みこ》んだ人間《にんげん》だ。おまえにできないわけがない。おれはおまえを信《しん》じてるからな」

音宮先輩《おとみやせんぱい》の力強《ちからづよ》い目《め》に、わたしは初《はじ》めて信頼《しんらい》されている気《き》がした。

これまで、なぜ音宮先輩《おとみやせんぱい》がわたしを選《えら》んだのかわからなかった。

単《たん》なる気《き》まぐれ……。

きっと、たまたま『月《つき》の人魚《にんぎょ》』を知《し》っていたからだって思《おも》ってた。

でも、きっと、音宮先輩《おとみやせんぱい》は、まだわたしが自分《じぶん》で気《き》づいていない、わたしの才能《さいのう》を発見《はっけん》してくれたんだ。

それに賭《か》けて、わたしを信《しん》じてくれたんだ。

だって、音宮先輩《おとみやせんぱい》はV《ブイ》チューバープロジェクトのプロデューサーなんだから。

(……もうやるしかない!)

「わかりました。やります! リサちゃんのためにも、みんなのためにも」

こうして急遽《きゅうきょ》、『謎時《なぞとき》うさぎ』の初配信《はつはいしん》が決《き》まった。


音宮先輩《おとみやせんぱい》は工藤《くどう》くんに、急《いそ》いで防音設備《ぼうおんせつび》を準備《じゅんび》するように伝《つた》えた。

工藤《くどう》くんは、近所《きんじょ》のホームセンターであわてて材料《ざいりょう》を買《か》ってきた。

音宮先輩《おとみやせんぱい》と工藤《くどう》くんは部室《ぶしつ》の一部《いちぶ》を区切《くぎ》り、購入《こうにゅう》した材料《ざいりょう》を使《つか》って配信《はいしん》ブースを作《つく》った。

表向《おもてむ》きは、ただの本棚《ほんだな》だ。

だが、その裏側《うらがわ》は、わたしが謎時《なぞとき》うさぎに変身《へんしん》する防音設備《ぼうおんせつび》と配信機材《はいしんきざい》が整《ととの》った秘密《ひみつ》の部《へ》屋《や》になっている。

音宮先輩《おとみやせんぱい》と工藤《くどう》くんとわたしの3人《にん》が入《はい》っても動《うご》ける広《ひろ》さがあり、配信《はいしん》をおこなうにはじゅうぶんだった。

こんな短時間《たんじかん》で、配信《はいしん》ブースを作《つく》るなんてさすが！

音宮先輩《おとみやせんぱい》と工藤《くどう》くんのやる気《き》が伝《つた》わってくる。

と、そこに明智先輩《あけちせんぱい》と絵夢《えむ》くんが戻《もど》ってきた。

「聞《き》いて！　15年前《ねんまえ》の事件《じけん》について、詳細《しょうさい》がわかったのよ！」

「矢神先生《やがみせんせい》は、歌川中学《うたがわちゅうがく》の合唱部《がっしょうぶ》に相当《そうとう》な恨《うら》みを抱《かか》えて戻《もど》ってきたみたいだね」

ふたりは、卒業生《そつぎょうせい》の何人《なんにん》かに会《あ》って話《はなし》を聞《き》いてきたらしい。

それによって、事件《じけん》の全容《ぜんよう》がわかった。

興奮気味《こうふんぎみ》に話《はな》すふたりに、わたしたちも、すかさずリサちゃんから送《おく》られてきた音声《おんせい》データを聞《き》かせた。

「これが本当《ほんとう》なら、かなりひどいな」

絵夢《えむ》くんは同情《どうじょう》するように言《い》った。

「緑川《みどりかわ》さん、かわいそう……」

やさしい明智先輩《あけちせんぱい》も、マユをひそめて音声《おんせい》データを聞《き》いている。

「大五郎《だいごろう》と一色《いっしき》の情報《じょうほう》も含《ふく》めれば、じゅうぶん、初配信《はつはいしん》に値《あたい》する。配信《はいしん》は明日《あす》の夕方《ゆうがた》に決《けっ》行《こう》だ。それまでは告知《こくち》に時間《じかん》を費《つい》やす」

音宮先輩《おとみやせんぱい》の言葉《ことば》に、V《ブイ》チューバープロジェクトの仲間《なかま》は強《つよ》くうなずいた。

その日《ひ》、わたしたちは告知用《こくちよう》の動画《どうが》を撮影《さつえい》して解散《かいさん》した。


その夜《よる》、工藤《くどう》くんはチャットアプリのグループに、急《いそ》いで編集《へんしゅう》した予告動画《よこくどうが》を投稿《とうこう》した。

『明日《あす》17時《じ》！　アイドル名探偵《めいたんてい》V《ブイ》チューバー『謎時《なぞとき》うさぎ』のデビュー配信《はいしん》が決定《けってい》！

第《だい》1回《かい》の事件《じけん》は、U町《ユーちょう》のU中学《ユーちゅうがく》で起《お》きた合唱部《がっしょうぶ》の怪事件《かいじけん》についての推理《すいり》をひろうするぞ！

U中学《ユーちゅうがく》は合唱《がっしょう》コンクールで金賞《きんしょう》を獲《と》るほどの実力校《じつりょくこう》！

でも、その裏《うら》ではソロパートを歌《うた》うことになった1年生《ねんせい》が呪《のろ》われるっていううわさがあるのだ。生徒《せいと》が不登校《ふとうこう》になったり、暗号《あんごう》が隠《かく》された楽曲《がっきょく》が出《で》てきたり、呪《のろ》いが原因《げんいん》とされるたくさんの怪事件《かいじけん》が発生《はっせい》！　すべて呪《のろ》いのせいかと思《おも》いきや、その陰《かげ》にはひとりの怪《あや》しい人物《じんぶつ》の姿《すがた》が！　謎時《なぞとき》うさぎの推理《すいり》にぴょんとご期待《きたい》あれ！』

学校名《がっこうめい》などは濁《にご》しつつも、歌川中学《うたがわちゅうがく》の生徒《せいと》には、自分《じぶん》の学校《がっこう》で起《お》きた事件《じけん》だとわかるように動画《どうが》サイトにアップした。

動画《どうが》をアップしたのはいいけれど、どうやって広《ひろ》めようかと、チャットで相談《そうだん》していると、突然《とつぜん》、工藤《くどう》くんから『歌川中《うたがわちゅう》のグループで拡散《かくさん》されてます！』と書《か》き込《こ》みがあった。

チャットアプリのグループをのぞくと、西園寺《さいおんじ》さんの書《か》き込《こ》みがあった。

『スクープ！　新人暴露系《しんじんばくろけい》Vチューバーが、歌川中学校合唱部《うたがわちゅうがっこうがっしょうぶ》の呪《のろ》いについて配信《はいしん》するもよう！』

歌川中学校《うたがわちゅうがっこう》には、現役《げんえき》の生徒《せいと》なら誰《だれ》でも入《はい》れるチャットアプリのグループがある。

そこに、西園寺《さいおんじ》さんが動画《どうが》サイトから謎時《なぞとき》うさぎを見《み》つけ出《だ》し投稿《とうこう》したのだった。

（西園寺《さいおんじ》さんって、歌川中学《うたがわちゅうがく》のことになると、すごい嗅覚《きゅうかく》を発揮《はっき》するな……）

暴露系《ばくろけい》Vチューバーと間違《まちが》えられていたものの、西園寺《さいおんじ》さんがあおったおかげで、歌川《うたがわ》中学《ちゅうがく》の生徒《せいと》たちは興味《きょうみ》を持《も》ってくれた。

おかげで、自分《じぶん》たちで告知《こくち》をしなくても、謎時《なぞとき》うさぎは、あっという間《ま》に生徒《せいと》たちに広《ひろ》まった。

翌日《よくじつ》の夕方《ゆうがた》、合唱部員《がっしょうぶいん》を中心《ちゅうしん》に、たくさんの人《ひと》が音楽室《おんがくしつ》に集《あつ》まっていた。

わたしも絵夢《えむ》くんと明智先輩《あけちせんぱい》といっしょに、人《ひと》ごみにまぎれながら音楽室《おんがくしつ》をのぞいた。

合唱部員《がっしょうぶいん》はそろって、謎時《なぞとき》うさぎの配信《はいしん》を見《み》るらしい。

そこには西園寺《さいおんじ》さんの姿《すがた》もあった。

西園寺《さいおんじ》さんも、明智先輩《あけちせんぱい》並《な》みの勢《いきお》いで謎《なぞ》に興味《きょうみ》があるみたい。

100インチの大型《おおがた》モニターを音楽室《おんがくしつ》に持《も》ち込《こ》んでいた。

「暴露系《ばくろけい》V《ブイ》チューバーによって、歌川中《うたがわちゅう》の秘密《ひみつ》が暴《あば》かれる！　さあ、みんなで見届《みとど》けようじゃないか！」

なぜだか、西園寺《さいおんじ》さんは、謎時《なぞとき》うさぎを盛《も》り上《あ》げている。

（んっ？　西園寺《さいおんじ》さんにとって、同《おな》じ事件《じけん》を追《お》う謎時《なぞとき》うさぎはライバルじゃ……？）

絵夢《えむ》くんも、同《おな》じ疑問《ぎもん》を持《も》っていたようだ。

「なんで、西園寺《さいおんじ》くんはあんなに謎時《なぞとき》うさぎに必死《ひっし》なのかな？」

絵夢《えむ》くんのつぶやきに、明智先輩《あけちせんぱい》が答《こた》えた。

「うわさによると、謎時《なぞとき》うさぎが暴《あば》いた謎《なぞ》の後追《あとお》い記事《きじ》を書《か》くために、盛《も》り上《あ》げたいみたいよ！　事件《じけん》の注目度《ちゅうもくど》をあげて、自分《じぶん》の記事《きじ》も読《よ》んでもらおうっていう魂胆《こんたん》じゃないかしら」

なんでもかんでも自分《じぶん》の新聞《しんぶん》につなげるなんて、ある意味《いみ》、ジャーナリスト魂《だましい》かも。

（たっ、たくましい……）

「いいんじゃない！　名探偵《めいたんてい》にはライバルが欠《か》かせないもの！　西園寺《さいおんじ》さんのおかげで、謎《なぞ》時《とき》うさぎはさらに盛《も》り上《あ》がるワ！」

明智先輩《あけちせんぱい》は、きゃっきゃっとはしゃぐように言《い》った。

でも、わたしは明智先輩《あけちせんぱい》みたいにはしゃぐ気《き》にはなれなかった。

配信《はいしん》の時間《じかん》が徐々《じょじょ》に迫《せま》ってきていたからだ。

音楽室《おんがくしつ》に集《あつ》まった人《ひと》たちは、西園寺《さいおんじ》さんの用意《ようい》したモニターを見《み》ながら配信《はいしん》を待《ま》っている。

上映会《じょうえいかい》さながらの雰囲気《ふんいき》を見《み》て、一気《いっき》に緊張感《きんちょうかん》が高《たか》まった。

わたしは高鳴《たかな》る胸《むね》を押《お》さえながら、絵夢《えむ》くんと明智先輩《あけちせんぱい》を音楽室《おんがくしつ》に残《のこ》して、準備《じゅんび》のために部室《ぶしつ》へと向《む》かった。

部室《ぶしつ》に戻《もど》ると、配信《はいしん》ブースの中《なか》には音宮先輩《おとみやせんぱい》と工藤《くどう》くんがいた。

音宮先輩《おとみやせんぱい》はプロデューサーとして指示《しじ》を出《だ》すため、工藤《くどう》くんは技術面《ぎじゅつめん》のサポートをするため部室《ぶしつ》に残《のこ》って作業《さぎょう》をする。

配信中《はいしんちゅう》に特別《とくべつ》な作業《さぎょう》がない明智先輩《あけちせんぱい》と絵夢《えむ》くんは、スマホで撮影《さつえい》した音楽室《おんがくしつ》のようすを送《おく》ってくれることになっている。

わたしたちが配信《はいしん》の準備《じゅんび》をしていると……。

「映像《えいぞう》が送《おく》られてきた！」

パソコンをさわっていた工藤《くどう》くんが声《こえ》をあげた。

配信《はいしん》ブースには2台《だい》の小型《こがた》モニターが設置《せっち》されている。

どちらも、工藤《くどう》くんの家《いえ》から持《も》ってきたものだ。

工藤《くどう》くんがパソコンを操作《そうさ》すると、1台《だい》のモニターに、たった今《いま》、絵夢《えむ》くんから送《おく》られた音楽室《おんがくしつ》の映像《えいぞう》が映《うつ》し出《だ》された。

音楽室《おんがくしつ》の映像《えいぞう》は、配信《はいしん》のあいだ中《じゅう》、リアルタイムで送《おく》られてくることになっていた。

モニターを見《み》ると、さっきのぞきに行《い》ったときよりも人《ひと》が増《ふ》えている。

そこには矢神先生《やがみせんせい》の姿《すがた》もあった。

「矢神《やがみ》もいるな。自分《じぶん》からやってくるなんて好都合《こうつごう》だ。呼《よ》び出《だ》す手間《てま》が省《はぶ》けた」

音宮先輩《おとみやせんぱい》は、人《ひと》が増《ふ》えた音楽室《おんがくしつ》を見《み》ても緊張《きんちょう》するそぶりもない。

ずいぶんと余裕《よゆう》があるみたい。

（さすがプロデューサーだな！　わたしもあんなふうになれればいいんだけど……）

パソコンを操作《そうさ》していた工藤《くどう》くんは手《て》を止《と》め、音宮先輩《おとみやせんぱい》に向《む》かって言《い》った。

「こっちは準備万全《じゅんびばんぜん》です。いつでも配信ＯＫ《はいしんオーケイ》です」

わたしは、カメラの前《まえ》に立《た》った。

深《ふか》く息《いき》を吸《す》い、まっすぐに前《まえ》を見《み》つめて言《い》った。


「さあ、謎時《なぞとき》うさぎのはじまりだよ！」


いっしょに配信《はいしん》ブースに入《はい》った音宮先輩《おとみやせんぱい》はカメラの裏側《うらがわ》で、スマホの時計《とけい》に目《め》をやる。

「17時《じ》まで、残《のこ》り10、9、8……」

カウントダウンと同時《どうじ》に、とくとくと胸《むね》が早鐘《はやがね》を打《う》つ。

「7、6、5、4……」

音宮先輩《おとみやせんぱい》は、ラスト3秒《びょう》は声《こえ》を出《だ》さずに、指《ゆび》でカウントダウンした。

(3、2、1……)

音宮先輩《おとみやせんぱい》がわたしを見《み》つめて「今《いま》だ!」とばかりに手《て》のひらをくるりと回転《かいてん》させこちらに向《む》けた。

わたしの中《なか》に謎時《なぞとき》うさぎの魂《たましい》が宿《やど》る。

(配信《はいしん》の合図《あいず》だ! もうやるしかない!)

「どんな事件《じけん》もぴょ~んと解決《かいけつ》! バーチャル探偵《たんてい》・謎時《なぞとき》うさぎ! 迷宮入《めいきゅうい》りの謎《なぞ》も、華麗《かれい》にひもといてみせるのだ!」

謎時《なぞとき》うさぎの初配信《はつはいしん》がはじまった。

「今日《きょう》は、U中学校《ユーちゅうがっこう》のおそろしいうわさの謎《なぞ》を推理《すいり》するぴょん! おそろしいうわさっていうのは『合唱部《がっしょうぶ》の1年生《ねんせい》がソロパートを歌《うた》うと呪《のろ》われる』というものなのだ」

わたしは謎時《なぞとき》うさぎになりきって話《はな》しだした。

音楽室《おんがくしつ》が映《うつ》し出《だ》されたモニターを見《み》ると、生徒《せいと》たちは、うんうんとうなずいたり、前《まえ》のめ

LIVE

りになって聞《き》いていたり、みんな謎時《なぞとき》うさぎに興味津々《きょうみしんしん》だ。

もう一方《いっぽう》のモニターには、スポットライトを浴《あ》びた謎時《なぞとき》うさぎが映し出《うつだ》されている。

（みんなが見《み》ているのは、わたしじゃなくてVチューバー《ブイ》の謎時《なぞとき》うさぎなんだ……）

そう思《おも》うとこれまでわたしを支配《しはい》していた緊張《きんちょう》が、少《すこ》しずつゆるんでいく。

謎時《なぞとき》うさぎの口《くち》ぶりも、なめらかになっていく。

「そもそも、ほんとうに呪《のろ》いはあった？　自《みずか》ら呪《のろ》われたと言《い》って合唱部《がっしょうぶ》をやめたS《エス》さん。呪《のろ》いのせいで学校《がっこう》に来《こ》なくなったとうわさされたM《エム》さん。結論《けつろん》から言《い》うと、ふたりは呪《のろ》われてなかったのだ！」

リサちゃんと彩《あや》、ふたりの名前《なまえ》は伏《ふ》せた。

それは歌川中学《うたがわちゅうがく》の生徒以外《せいといがい》も、この配信《はいしん》を見《み》られるからだ。

ネットを通《つう》じて世界中《せかいじゅう》に配信《はいしん》される。

もし、本名《ほんみょう》のまま配信《はいしん》すると、ふたりの名前《なまえ》が広《ひろ》く知《し》られ、今後《こんご》のリサちゃんや彩《あや》の生活《せいかつ》に悪《わる》い影響《えいきょう》をおよぼすかもしれない。だからこそ、イニシャルにした。

「S《エス》さんの呪《のろ》いは、自作自演《じさくじえん》だった。M《エム》さんについてもあとで説明《せつめい》するぴょん」

謎時《なぞとき》うさぎは、そもそも呪《のろ》いのうわさとはなにかについて推理《すいり》をはじめた。

「呪《のろ》いのうわさのはじまりは、15年前《ねんまえ》。でも、調《しら》べた結果《けっか》、ソロパートを歌《うた》って呪《のろ》われた1年生《ねんせい》はいなかった。友達《ともだち》に聞《き》いた、先輩《せんぱい》から聞《き》いたなど、どれもうわさの領域《りょういき》をでなかったのだ！」

絵夢《えむ》くんと明智先輩《あけちせんぱい》が調《しら》べた結果《けっか》を話《はな》した。

西園寺《さいおんじ》さんは、気《き》に入《い》らないとばかりに言《い》った。

「たしかに、取材《しゅざい》した限《かぎ》り、直接被害《ちょくせつひがい》にあった人《ひと》はいなかった……。オレとしたことが……」

西園寺《さいおんじ》さんは、ぶつぶつとつぶやきながら、くやしそうにくちびるをかんでいる。

一方《いっぽう》、矢神先生《やがみせんせい》はなにも動《どう》じてないような顔《かお》で、謎時《なぞとき》うさぎを見《み》つめていた。

「15年前《ねんまえ》には、ほかにも『コンクールの楽曲《がっきょく》を逆再生《ぎゃくさいせい》すると、時間《じかん》が逆戻《ぎゃくもど》りし、時空《じくう》のはざまに永遠《えいえん》に閉《と》じ込《こ》められる』『全国合唱《ぜんこくがっしょう》コンクールの曲《きょく》の作詞《さくし》・作曲《さっきょく》を担当《たんとう》したものは一生不幸《いっしょうふこう》になる』というようないくつかの合唱部《がっしょうぶ》にまつわる呪《のろ》いのうわさがあったぴょん。でも、すべて忘《わす》れ去《さ》られ、最後《さいご》に残《のこ》ったのは『合唱部《がっしょうぶ》の1年生《ねんせい》がソロパートを歌《うた》うと呪《のろ》われる』といううわさだけだったのだ」

そして、ここからが核心《かくしん》だった。

「で、そのうわさを利用《りよう》して、ある人《ひと》が、とんでもないことをしでかした」

「なんのこと？」「誰《だれ》？」音楽室《おんがくしつ》にいる生徒《せいと》たちが口々《くちぐち》に話《はな》している。

わたしは、深《ふか》く息《いき》をはいて続《つづ》けた。

「それは、合唱部《がっしょうぶ》の生徒《せいと》が作詞《さくし》・作曲《さっきょく》した曲《きょく》の盗作《とうさく》だぴょん！」

音楽室《おんがくしつ》がどよめく。

「勘《かん》のいい視聴者《しちょうしゃ》なら、もうわかるはずなのだ」

音宮先輩《おとみやせんぱい》が、ここで決《き》めろ！と言《い》うように力強《ちからづよ》くうなずいた。

音宮先輩《おとみやせんぱい》の顔《かお》を見《み》たとき、緊張《きんちょう》がウソみたいにぱたりと消《き》えた。

力《ちから》がわいてくる。

わたしは、カメラに向《む》かってまっすぐに人差《ひとさ》し指《ゆび》を突《つ》き出《だ》した。

「盗作《とうさく》の犯人《はんにん》は、代理音楽教師《だいりおんがくきょうし》のＹ先生《ワイせんせい》だぴょん！」

モニターに映《うつ》った矢神先生《やがみせんせい》は驚《おどろ》いた顔《かお》をするが、すぐに冷静《れいせい》な表情《ひょうじょう》に戻《もど》り言《い》った。

「証拠《しょうこ》もないのに、いい加減《かげん》な……」

そのとき、何人《なんにん》かの視聴者《しちょうしゃ》からコメントが書《か》き込《こ》まれた。

『Y先生《ワイせんせい》が盗作《とうさく》なんてありえない！』

『証拠《しょうこ》を見《み》せろ！』

コメント欄《らん》を見《み》た音宮先輩《おとみやせんぱい》は、カンペに『音声《おんせい》を出《だ》せ！』と書《か》いた。


「**証拠《しょうこ》はあるのだ！**」


わたしが工藤《くどう》くんに、アイコンタクトをすると音声《おんせい》が流《なが》れはじめた。

『**ピー**先生《せんせい》、ひどいですよ！』

矢神先生《やがみせんせい》の名前《なまえ》は、ピーという音声《おんせい》で上書《うわが》きした。

『**ピー**先生《せんせい》からのアドバイスがほしくて作詞《さくし》・作曲《さっきょく》した音楽《おんがく》を聞《き》かせたんです。それなのに盗作《とうさく》するなんて最低《さいてい》ですよ！』

音声《おんせい》には、リサちゃんをソロパートに起用《きよう》する代《か》わりに、リサちゃんの曲《きょく》を自分《じぶん》が作詞《さくし》・作曲《さっきょく》したことにしてくれないかと矢神先生《やがみせんせい》から交渉《こうしょう》されたこと、一度《いちど》は承諾《しょうだく》したものの、やっぱりリサちゃんは納得《なっとく》できず、自分《じぶん》が作詞《さくし》・作曲《さっきょく》した曲《きょく》として発表《はっぴょう》してほしいと矢神《やがみ》先生《せんせい》に伝《つた》えたこと、でも、矢神先生《やがみせんせい》はリサちゃんの訴《うった》えを無視《むし》して、自分《じぶん》の曲《きょく》として発表《はっぴょう》したことなどのやりとりがあった。

合唱部員《がっしょうぶいん》が聞《き》けば、話《はな》しているのはリサちゃんの声《こえ》だとわかる。

だけど、ここまでは一方的《いっぽうてき》にリサちゃんのまくしたてる声《こえ》が聞《き》こえるだけで、矢神先生《やがみせんせい》が盗作犯《とうさくはん》である証拠《しょうこ》はない。

本当《ほんとう》にだいじなのは、このあとだ……。

『今《いま》さら、なにを言《い》ってもムダだよ。ぼくには、音楽業界《おんがくぎょうかい》にたくさんのコネがあるんだ。キミの将来《しょうらい》など、簡単《かんたん》ににぎりつぶせるんだよ！　君《きみ》の声《こえ》など音楽業界《おんがくぎょうかい》では蚊《か》が鳴《な》くより小《ちい》さな声《こえ》だ』

矢神先生《やがみせんせい》の声《こえ》だった。

音楽室《おんがくしつ》がしんと静《しず》まりかえった。

生徒《せいと》たちの視線《しせん》が、いっせいに矢神先生《やがみせんせい》に注《そそ》がれる。

矢神先生《やがみせんせい》も自分《じぶん》の置《お》かれている立場《たちば》をようやく理解《りかい》したようで、どんどん顔色《かおいろ》が悪《わる》くなる。

「ねつ造《ぞう》だ！　ＡＩ《エーアイ》かなにかを使《つか》って、ぼくそっくりな声《こえ》をつくってるんだ。信《しん》じるな！　信《しん》じるんじゃない！」

矢神先生《やがみせんせい》が静《しず》けさを切《き》り裂《さ》くような叫《さけ》びをあげた。

同時《どうじ》に、生徒《せいと》もいっせいに騒《さわ》ぎだす。

「どう考《かんが》えても本物《ほんもの》の音声《おんせい》でしょ？」

「先生《せんせい》がそんなことするなんて信《しん》じられない！」

騒《さわ》がしい音楽室《おんがくしつ》に、突然《とつぜん》、強面《こわもて》の体育教師《たいいくきょうし》が入《はい》ってきた。

「どうした？　なにがあった⁉」

体育教師《たいいくきょうし》はモニターを見《み》て叫《さけ》んだ。

「なんだこのバカでかいモニターは⁉　誰《だれ》が持《も》ち込《こ》んだ？」

西園寺《さいおんじ》さんは、まずいという顔《かお》で「チッ！」と舌打《したう》ちをした。

体育教師《たいいくきょうし》がモニターの電源《でんげん》を切《き》ろうとする。

（このままだと矢神先生《やがみせんせい》を追《お》い詰《つ》めきれない！　どうすればいいの？　リサちゃん……）

と、そのとき、コメント欄《らん》が目《め》に入《はい》った。

『ろくな人間《にんげん》じゃないね。矢神《やがみ》って
みんなをだましてたんだね
をかしいと思《おも》ったんだ。ずっと、あやしかったし
のんきに代理教師《だいりきょうし》してるなんて信《しん》じらんない
あーあ、やっぱり矢神《やがみ》が犯人《はんにん》だったんだね
ピンときたっ！　いろいろつながったよ』

（なにこれ？　暗号《あんごう》みたい……）

「をかしい」の「お」の字《じ》を打《う》ち間違《まちが》えるなんてありえない。
それに改行《かいぎょう》の位置《いち》も変《へん》だ。
コメントのハンドルネームには『逆立《さかだ》ちしたどんぐりぴょん子《こ》』とある。
(これってもしかして……リサちゃん?)
リサちゃんはうさぎのぴょん子《こ》が好《す》きだった。
ドングリを持《も》ったぴょん子《こ》は、リサちゃんが作《つく》ったオリジナルのマスコットだ。
リサちゃんのコメント?
不自然《ふしぜん》な改行《かいぎょう》の位置《いち》……もしかして縦読《たてよ》み?
でも、縦読《たてよ》みしても意味不明《いみふめい》な言葉《ことば》が続《つづ》くだけだ。
『ろみをのあぴ』なんて意味《いみ》のない言葉《ことば》だし……いや、逆立《さかだ》ちだ。
だったら、逆《ぎゃく》に読《よ》んでみれば……。

『ぴあのをみろ』

ピアノ! きっと、そこに矢神先生《やがみせんせい》が盗作《とうさく》した証拠《しょうこ》があるんだね。

（このコメントに賭《か》けるしかない……！）

「もうひとつ、Y先生《ワイせんせい》が盗作《とうさく》した証拠《しょうこ》があるのだ！」

音楽室《おんがくしつ》にいた生徒《せいと》たちが、再《ふたた》びモニターに釘付《くぎづ》けになった。

謎時《なぞとき》うさぎの大《おお》きな声《こえ》に、モニターを消《け》そうとしていた体育教師《たいいくきょうし》も手《て》を止《と》める。

「U中学校《ユーちゅうがっこう》の合唱部《がっしょうぶ》のみんな、ピアノを見《み》るのだ！」

冬森部長《ふゆもりぶちょう》が、グランドピアノのまわりを見《み》る。

「別《べつ》になにもなさそうだけど……」

（ピアノで間違《まちが》いないと思《おも》ったんだけど……）

わたしのあせりを感《かん》じた音宮先輩《おとみやせんぱい》が、再《ふたた》びカンペを出《だ》す。

『ピアノの中《なか》だ！　レの♯《シャープ》を見《み》ろって言《い》え！』

そのとき、わたしは以前《いぜん》、音宮先輩《おとみやせんぱい》が話《はな》していた音程《おんてい》のズレの違和感《いわかん》を思《おも》い出《だ》した。

「……レの♯《シャープ》だぴょん！」

謎時《なぞとき》うさぎの言葉《ことば》に、冬森部長《ふゆもりぶちょう》はピアノの中《なか》をのぞきこんだ。

すると、弦《げん》をたたくハンマーの部分《ぶぶん》に……。

「あった！　なにこれ？　メモリカード？」

冬森部長《ふゆもりぶちょう》がメモリカードを取《と》り出《だ》すと、西園寺《さいおんじ》さんが「よこせ！」とカードをつまみあげ、自分《じぶん》のノートパソコンで開《ひら》いた。

そこには楽譜《がくふ》のデータがあった。

「弾《ひ》いてみましょうか？」

冬森部長《ふゆもりぶちょう》は、西園寺《さいおんじ》さんからノートパソコンを受《う》け取《と》って、譜面台《ふめんだい》の上《うえ》に置《お》いた。

ピアノに向《む》かうとメロディを奏《かな》でた。

美《うつく》しい旋律《せんりつ》が音楽室《おんがくしつ》を包《つつ》み込《こ》む。

「これって、合唱《がっしょう》コンクールの曲《きょく》……。でも、メロディラインが違《ちが》う。今《いま》よりも全然《ぜんぜん》いい」

冬森部長《ふゆもりぶちょう》は驚《おどろ》いたようすで言《い》った。

すべてを理解《りかい》したわたしは、謎解《なぞと》きを続《つづ》けた。

「合唱《がっしょう》コンクールで演奏《えんそう》する楽曲《がっきょく》には、メロディの一部《いちぶ》に違和感《いわかん》があった。その原因《げんいん》は、曲《きょく》の一部《いちぶ》がモールス信号《しんごう》になっていたからなのだ」

生徒《せいと》たちのざわめきが大《おお》きくなる。

「そして、そのモールス信号《しんごう》をひもとくと、盗作《とうさく》された生徒《せいと》の名前《なまえ》が浮《う》かびあがる」

音楽室《おんがくしつ》では、もう誰《だれ》も謎時《なぞとき》うさぎの推理《すいり》を疑《うたが》っている人《ひと》はいなかった。

みんなが謎時《なぞとき》うさぎの推理《すいり》に期待《きたい》している。

ただひとりをのぞいては……。

矢神先生《やがみせんせい》は、顔《かお》をこわばらせ、モニターをにらみつけている。

そのとき、楽譜《がくふ》を見《み》ていた冬森部長《ふゆもりぶちょう》がなにかに気《き》づいた。

「楽譜《がくふ》に、作曲者《さっきょくしゃ》の名前《なまえ》がある！　この曲《きょく》を作《つく》ったのは今《いま》、学校《がっこう》に来《き》ていない緑川《みどりかわ》さんだよ」

冬森部長《ふゆもりぶちょう》の声《こえ》に、合唱部員《がっしょうぶいん》たちがどよめいた。

「U中学《ユーちゅうがく》のみんな、ピアノの中《なか》にはなにが入《はい》っていたのだ？」

謎時《なぞとき》うさぎの呼《よ》びかけに、合唱部《がっしょうぶ》のひとりの生徒《せいと》が『楽譜《がくふ》が出《で》てきた！』とコメントを書《か》き込《こ》む。

コメントを見《み》たわたしは答《こた》えた。

「その楽譜《がくふ》は、モールス信号《しんごう》を埋《う》め込《こ》む前《まえ》の合唱《がっしょう》コンクールの曲《きょく》なのだ！」

そのとき、音宮先輩《おとみやせんぱい》はカンペを出《だ》した。

『ここで時間制限発動《じかんせいげんはつどう》！　一気《いっき》にたたみかけろ！』

わたしは懐中時計《かいちゅうどけい》を取《と》り出《だ》した。

「謎《なぞ》解《と》き終了《しゅうりょう》まで、あと1分《ぷん》！　さあ、ここで最後《さいご》の推理《すいり》だぴょん！」

わたしはルーペを使《つか》って、真実《しんじつ》を見通《みとお》すように謎時《なぞとき》うさぎの目《め》を大《おお》きくする。

（もう、矢神先生《やがみせんせい》を逃《に》がさない！）

「盗作《とうさく》されたM《エム》さんは、少《すこ》し手直《てなお》ししたいなどと言《い》って、楽譜《がくふ》にモールス信号《しんごう》を埋《う》め込《こ》んだ。そして、ピアノに本物《ほんもの》の楽譜《がくふ》を隠《かく》すことで真実《しんじつ》を伝《つた》えようとしたのだ。でも、合唱部《がっしょうぶ》のみんなには気《き》づいてもらえず、盗作《とうさく》のショックも大《おお》きく学校《がっこう》に来《こ》られなくなった。それをY先生《ワイせんせい》は呪《のろ》いのせいだと、うわさを広《ひろ》めたのだ。

才能《さいのう》ある生徒《せいと》の未来《みらい》を奪《うば》うなんて、まともな大人《おとな》のやることじゃない。Y先生《ワイせんせい》、さあ、正直《しょうじき》に言《い》うのだ。あなたがやったことだと……」

リサちゃんは、きっと学校《がっこう》を休《やす》んでからも、ずっと矢神先生《やがみせんせい》に監視《かんし》されていたんだ。

だから、わたしにも暗号《あんごう》でしか真実《しんじつ》を伝《つた》えられなかった。

でも、ようやくリサちゃんが、がんばって発《はっ》したSOS《エスオーエス》に気《き》づいてあげられた。

(どうかお願《ねが》い、罪《つみ》を認《みと》めて……！　それで事件《じけん》は解決《かいけつ》なんだから……！)

わたしは祈《いの》るように音楽室《おんがくしつ》のモニターを見《み》た。

「もう逃《に》げ切《き》れないな……」

そのとき、矢神先生《やがみせんせい》は観念《かんねん》したように口《くち》を開《ひら》いた。

「ぼくはやっぱり作曲家《さっきょくか》にはなれないんだ。モールス信号《しんごう》のためにメロディが美《うつく》しくないものに変《か》えられたことに気《き》づかず、曲《きょく》を使《つか》い続《つづ》けていた。ピアノの音《おと》がズレていることすら感《かん》じられなかった……」

矢神先生《やがみせんせい》は、そこまで言《い》うと、ふっと悲《かな》しそうに笑《わら》った。

「緑川《みどりかわ》さんは、才能《さいのう》あふれる作曲家《さっきょくか》だった。それにひきかえ、ぼくには、作曲《さっきょく》の才能《さいのう》はなかった。今回《こんかい》の件《けん》で、はっきりわかったよ。でも、これで後悔《こうかい》は消《き》えた。この結末《けつまつ》で良《よ》かったのかもしれない。ありがとう。謎時《なぞとき》うさぎさん……」

矢神先生《やがみせんせい》は、がくりと膝《ひざ》をついてうなだれた。

わたしは安心《あんしん》してふぅーっと、大《おお》きく息《いき》をはいた。

（ようやく事件《じけん》は解決《かいけつ》だ……！）

矢神先生《やがみせんせい》を自白《じはく》まで追《お》い込《こ》んだのは、謎時《なぞとき》うさぎの推理《すいり》よりも、自分《じぶん》に音楽《おんがく》の才能《さいのう》がないとはっきりと自覚《じかく》したことだったみたい。

「今日《きょう》の配信《はいしん》はこれで終了《しゅうりょう》だぴょん！　ここまで見《み》てくれてありがとうなのだ！」

と言《い》ったところで、わたしは自分《じぶん》の目的《もくてき》を果《は》たしていないことに気《き》づいた。

「あの……ここでエンディングとして1曲《きょく》ひろうさせてもらうぴょん。『月《つき》の人魚《にんぎょ》』～♪」

と歌《うた》い出《だ》したものの、音楽室《おんがくしつ》にいた生徒《せいと》は誰《だれ》もが事件《じけん》の余韻《よいん》にひたっていて、歌《うた》を聞《き》いていないことはあきらかだった。

（はあ～、やっぱり、そう甘《あま》くはないよね……）

こうして、謎時《なぞとき》うさぎの初配信《はつはいしん》は幕《まく》を閉《と》じた。

配信《はいしん》が終《お》わったあと、校長先生《こうちょうせんせい》に呼《よ》び出《だ》された矢神先生《やがみせんせい》は、事件《じけん》の経緯《けいい》について話《はな》しはじめた。

わたしたち、ミス研部員《けんぶいん》はよくないことだと思《おも》いながらも、その話《はなし》を盗《ぬす》み聞《ぎ》きした。

発端《ほったん》は15年前《ねんまえ》。

矢神先生《やがみせんせい》は歌川中学《うたがわちゅうがく》の合唱部《がっしょうぶ》にいた頃《ころ》は、その才能《さいのう》をすごく期待《きたい》されていて、1年生《ねんせい》のときに、全国合唱《ぜんこくがっしょう》コンクールで歌《うた》う曲《きょく》の作詞《さくし》・作曲《さっきょく》を任《まか》されたくらいだったんだ。

でも、矢神先生《やがみせんせい》は、同《おな》じ作曲家志望《さっきょくかしぼう》のライバル生徒《せいと》から、作詞《さくし》・作曲《さっきょく》した曲《きょく》が盗作《とうさく》だって言《い》われたみたい。

当時《とうじ》、口下手《くちべた》だった矢神先生《やがみせんせい》はちゃんと否定《ひてい》できなくて、中学生離《ちゅうがくせいばな》れした実力《じつりょく》も重《かさ》なって疑《うたが》われたんだって。

なにもしてないのに疑《うたが》われた矢神先生《やがみせんせい》は、やる気《き》をなくして練習《れんしゅう》もサボるようになって……。

結局《けっきょく》は、盗作《とうさく》だってウソをついたライバル生徒《せいと》が合唱《がっしょう》コンクールの曲《きょく》を担当《たんとう》することになったんだ。それで合唱部《がっしょうぶ》もやめちゃったみたい。

歌川中学校《うたがわちゅうがっこう》は合唱《がっしょう》コンクールで金賞《きんしょう》を獲《と》り、ライバル生徒《せいと》は評価《ひょうか》された。

卒業後《そつぎょうご》、ライバル生徒《せいと》は高校《こうこう》でも大学《だいがく》でも音楽《おんがく》を勉強《べんきょう》して、プロの作曲家《さっきょくか》として大成功《だいせいこう》した。

一方《いっぽう》、矢神先生《やがみせんせい》はといえば、音楽《おんがく》は続《つづ》けていたけど評価《ひょうか》されなかった。

あのとき、チャンスを奪《うば》われていなければ、自分《じぶん》も成功《せいこう》したかもしれないと思《おも》い込《こ》んだ矢《や》神先生《がみせんせい》は、歌川中学校合唱部《うたがわちゅうがっこうがっしょうぶ》への恨《うら》みを抱《かか》え続《つづ》けていた。

呪《のろ》いのうわさを流《なが》したのも矢神先生《やがみせんせい》だったんだって。

復讐《ふくしゅう》のために、代理教師《だいりきょうし》として合唱部《がっしょうぶ》に戻《もど》ってきた矢神先生《やがみせんせい》だったけど、戻《もど》ってきたら、過去《かこ》の恨《うら》みをはらすより、後悔《こうかい》を取《と》り返《かえ》したいって思《おも》いが強《つよ》くなった。

それで、リサちゃんの曲《きょく》を自分《じぶん》のものとして発表《はっぴょう》しちゃったみたい。

盗作《とうさく》した矢神先生《やがみせんせい》は許《ゆる》せないけれど、夢《ゆめ》を追《お》うのはたいへんなんだって、今《いま》のわたしには理解《りかい》できる。

だからね、矢神先生《やがみせんせい》の気持《きも》ちも少《すこ》しだけわかるような気《き》がした。

エピローグ

しばらくして、矢神先生《やがみせんせい》は学校《がっこう》からも歌川町《うたがわちょう》からもいなくなった。

もう、二度《にど》とわたしたちの前《まえ》に現《あらわ》れることはないはずだ。

リサちゃんも矢神先生《やがみせんせい》がいなくなったことで安心《あんしん》して合唱部《がっしょうぶ》に戻《もど》ってきた。

そして、合唱《がっしょう》コンクールでは、モールス信号《しんごう》が埋《う》めこまれる前《まえ》のリサちゃんの曲《きょく》が歌《うた》われることになった。

今《いま》、リサちゃんを含《ふく》めた合唱部《がっしょうぶ》はコンクールに向《む》けての練習《れんしゅう》に励《はげ》んでいる。


かんじんの謎時《なぞとき》うさぎはというと……。

「謎解《なぞと》き自体《じたい》には成功《せいこう》した！　月島《つきしま》もよくがんばった。だがな、視聴数《しちょうすう》がほとんど伸《の》びていない！　視聴《しちょう》してたのは歌川中学《うたがわちゅうがく》のやつらだけだからな。それになにより問題《もんだい》は、歌《うた》なんて誰《だれ》も聞《き》いていないことだ！」


音宮先輩《おとみやせんぱい》は明《あき》らかに不機嫌《ふきげん》なようすで腕《うで》を組《く》み、部室《ぶしつ》のイスに座《すわ》っていた。

わたしも音宮先輩《おとみやせんぱい》と同《おな》じ気持《きも》ちだった。

（もっとわたしの歌《うた》を聞《き》いてもらいたかった……）

「ということで、今後《こんご》はミス研《けん》で謎《なぞ》を集《あつ》めつつ、その謎解《なぞと》きを配信《はいしん》してチャンネル登録者数《とうろくしゃすう》をかせぐ！　視聴者《しちょうしゃ》を増《ふ》やしつつ、最終的《さいしゅうてき》には歌《うた》もしっかりと聞《き》いてもらえるV《ブイ》チューバーを目指《めざ》すってことでどうだ？」

音宮先輩《おとみやせんぱい》の提案《ていあん》に、すぐに飛《と》びついたのは明智先輩《あけちせんぱい》だった。

「いいワね！　謎解《なぞと》きもできるし、月島《つきしま》ちゃんの目標《もくひょう》だった歌《うた》も歌《うた》えるし最高《さいこう》じゃない！」

工藤《くどう》くん、絵夢《えむ》くんも続《つづ》けて、温《あたた》かい言葉《ことば》をかけてくれる。

「ぼくも、技術面《ぎじゅつめん》で謎時《なぞとき》うさぎを進歩《しんぽ》させられるようにがんばります」

「ああ、ぼくも協力《きょうりょく》するよ。なんたって、奏《かなで》ちゃんの夢《ゆめ》を応援《おうえん》したいしね。ぼく夢《ゆめ》のある子《こ》が好《す》きだからさ」

みんなのやさしい言葉《ことば》に、歌《うた》が聞《き》いてもらえず落《お》ち込《こ》んでいた気持《きも》ちを救《すく》われた気《き》がした。

「『月《つき》の人魚《にんぎょ》』も、最後《さいご》まで聞《き》いてもらいたいしな」

音宮先輩《おとみやせんぱい》は、かすかにほほえんで言《い》った。

気《き》のせいかな。音宮先輩《おとみやせんぱい》の笑顔《えがお》はひどく寂《さび》しそうに見《み》えた。

捨《す》てられた子犬《こいぬ》みたいにひどく寂《さび》しそうに……。

かと思《おも》うと、次《つぎ》の瞬間《しゅんかん》、いつものクールな音宮先輩《おとみやせんぱい》の表情《ひょうじょう》に戻《もど》って続《つづ》けた。

「そのためにも、おれは月島《つきしま》に期待《きたい》してるんだ！　未来《みらい》の人気《にんき》V《ブイ》チューバーにな！　目指《めざ》すは、チャンネル登録者数《とうろくしゃすう》100万人《まんにん》だ！」

（なんだ。やっぱり気《き》のせいだったみたい。いつもの音宮先輩《おとみやせんぱい》だ！）

音宮先輩《おとみやせんぱい》の言葉《ことば》は、わたしの力《ちから》になった。

どんどん、視界《しかい》が開《ひら》けてくる。

チャンネル登録者数《とうろくしゃすう》100万人《まんにん》の人気《にんき》V《ブイ》チューバー！

わたしの目指《めざ》す未来《みらい》が見《み》えた気《き》がした。

「わたし、もっとがんばるね！　みんなといっしょなら、きっと世界一《せかいいち》……ううん、宇宙一《うちゅういち》のV《ブイ》チューバーになれるはず」

わたしは、V《ブイ》チューバー・プロジェクトの仲間《なかま》に笑《え》みを向《む》けた。

音宮先輩《おとみやせんぱい》も、絵夢《えむ》くんも、工藤《くどう》くんも、明智先輩《あけちせんぱい》も、すごくキラキラした笑顔《えがお》を返《かえ》してくれた。

わたしの中学校生活《ちゅうがっこうせいかつ》は、まだはじまったばかり。

でも、最高《さいこう》に素敵《すてき》な日々《ひび》になる予感《よかん》がした。

著　**木滝りま**（きたき・りま）

脚本家・小説家。小説に、「科学探偵　謎野真実」シリーズ（朝日新聞出版）、「セカイの千怪奇」シリーズ（岩崎書店）、『大バトル！　きょうりゅうキッズ　きょうふの大王をたおせ！』（KADOKAWA）など。脚本家としての作品に、ドラマ「正直不動産2」「カナカナ」などがある。
〈執筆…1章・2章〉

著　**舟崎泉美**（ふなさき・いずみ）

小説家、脚本家、映画監督。小説に、『ギソク陸上部』（学研プラス）、ドラマノベライズ『おちょやん』結婚編・女優編（学研プラス）、ドラマノベライズ『仰げば尊し』（学研プラス）、『ベルーガの冒険』（銀河企画）など。脚本・監督作品として、短編映画「夜を駆ける」などがある。
〈執筆…3章・4章・エピローグ〉

絵　**榎のと**（えのき・のと）

マンガ家・イラストレーター。主な作品に「時間割男子」シリーズ（角川つばさ文庫）、「怪帰師のお仕事」シリーズ（アルファポリスきずな文庫）、「訳あり伯爵様と契約結婚したら、義娘（六歳）の契約母になってしまいました。」（KADOKAWA）などがある。

取材協力　株式会社uyet
吸血きあり（NexuStella Colorful）
小鳥遊ひよ子

装丁　川谷デザイン
校閲　深谷麻衣、大橋美和
（朝日新聞総合サービス 出版校閲部）
編集デスク　竹内良介
編集　河西久実

ナゾノベル

V《ブイ》チューバー探《たん》偵《てい》団《だん》

目《め》指《ざ》せ！ 登《とう》録《ろく》者《しゃ》100万《まん》人《にん》

2024年10月30日　第1刷発行

著　者　木滝りま　舟崎泉美
絵　榎のと
発行者　片桐圭子
発行所　朝日新聞出版
〒104-8011　東京都中央区築地5-3-2
電話　03-5541-8833（編集）
　　　03-5540-7793（販売）
印刷所　大日本印刷株式会社

ISBN 978-4-02-332347-6
定価はカバーに表示してあります。
落丁・乱丁の場合は弊社業務部（03-5540-7800）へご連絡ください。
送料弊社負担にてお取り替えいたします。

はやみねかおるの心理ミステリー

奇譚《きたん》ルーム

き-たん【奇譚】
めずらしい話。
不思議な話。

●定価:本体980円＋税 四六判・248ページ　画 しきみ

わたしは殺人者《マーダラー》。これから、
きみたちをひとりずつ
殺していくのだよ。

ぼくが招待されたのは、SNSの仮想空間「ルーム」。10人のゲストが、奇譚を語り合うために集まった。だが、その場は突然、殺人者《マーダラー》に支配された。殺人者《マーダラー》とは、いったいだれなのか。衝撃《しょうげき》のラストがきみを待っている!

▲はやみね先生初の
横書き小説

おそらく、真犯人は
わからないと思いま
す。(ΦωΦ)ﾌﾌﾌ…

公式サイトでは、はやみねかおるさんのインタビューをはじめ、
試し読みや本の内容紹介の動画を公開中！ 朝日新聞出版 検索

すべての人に、価値ある一冊を
ASAHI
朝日新聞出版